ILARIA SORAGNI

DISCONNECT 1

romanzo

leggereditore

Della stessa autrice abbiamo pubblicato:

Mess

Mess – The Escape
(In *Estate Batticuore*)

Prima edizione: febbraio 2017

Il marchio Leggereditore è di proprietà
della Sergio Fanucci Communications S.r.l.
via delle Fornaci, 66 – 00165 Roma
tel. 06.39366384 – email: info@leggereditore.it
Indirizzo internet: www.leggereditore.it

Stampato in Italia – Printed in Italy

Progetto grafico: Grafica Effe

ILARIA SORAGNI

DISCONNECT$_1$

Non hanno ancora inventato le parole

1

GAME

Baltimora, gennaio 2014

Batteva contro il marciapiede le suole di gomma delle sue Converse nere usurate dagli anni.

Infilò le mani nelle tasche della felpa e tamburellò i polpastrelli sul ventre al ritmo di canzoni mai sentite, giocando a mordicchiarsi il labbro inferiore. Qualche sbuffo di vapore gli usciva dalla bocca socchiusa ma svaniva prima di arrivare ai suoi occhi e coprire ciò che stava fissando così attentamente.

Il suo sguardo seguiva *lei*, da lontano, mentre se ne stava nascosto all'ombra del grande albero al suo fianco. Quando sfregava la spalla contro la corteccia scura, delle schegge di legno gli rimanevano impigliate nel cotone della felpa, ma non importava, non poteva farsi vedere, non in quel momento, non quel giorno.

Lei camminava svelta e con lo sguardo basso, sembrava così piccola.

La vide sistemarsi con un gesto veloce una ciocca ribelle dietro l'orecchio. Teneva la testa china, le mani strette intorno alle cinghie dello zaino a righe. I suoi piedi si muovevano rapidi, probabilmente era in ritardo.

Aveva i capelli di un biondo più scuro d'inverno, come quelli del ragazzo che la stava spiando battendo, ancora, le suole contro il marciapiede.

A lui non piaceva attirare l'attenzione, e nessuno lo andava a disturbare.

Forse per paura.

La guardò fermarsi un istante e chiudersi la giacca, che svolazzava con il leggero vento di quella mattina.

Gli piaceva guardarla, anche se non era più capace di osservare.

Aveva smesso perché il tempo gli era mancato e poi, pian piano, aveva semplicemente dimenticato come fare.

Lui era come un fulmine, sceglieva dove schiantarsi senza pensare al percorso da compiere. Forse era un po' troppo impulsivo e precipitoso.

Ma non gli importava neanche più di tanto.

Iniziò a seguire la ragazza tenendosi a distanza, senza mai perderla di vista.

La seguì fino a un grande cancello grigio, che un tempo doveva essere stato bianco o comunque di un colore chiaro.

Quando la ragazza si avviò verso il mare di studenti che aspettava il suono della campanella, lui si guardò intorno senza interesse.

Ormai conosceva a memoria tutto quello, vedeva le stesse facce da anni, lo stesso cortile, le stesse pareti scrostate, lo stesso cartello sbiadito che dovevi avvicinarti fino a sfiorarlo con il naso per leggerlo.

Quell'insegna consunta e scolorita, quasi quanto la recinzione che circondava l'edificio davanti a lui, fu l'unica cosa che parve attirare la sua attenzione.

'BALTIMORA HIGH SCHOOL'

Sorrise.

Il gioco era iniziato e lui avrebbe sicuramente vinto.

2

DON'T MIND

Giocava a tirare con la lingua il piercing che gli perforava il labbro inferiore.

Era un gesto involontario, dovuto al nervosismo.

Controllò per la quarta volta l'orologio sportivo che gli fasciava il polso destro. Non era mancino, gli piaceva tenere orologio e bracciali sul polso destro solo per comodità.

Erano le 7:30.

Si portò una mano alle labbra e prese a stuzzicare l'orecchino nero. Aspettava.

Chiuse gli occhi appoggiandosi alla corteccia del solito albero; era gennaio e il freddo oltrepassava il giaccone che gli fasciava il corpo snello fino ad arrivare alle ossa.

La neve non era ancora scesa, ma camminando sull'erba si poteva sentire la brina scricchiolare sotto i piedi.

Un sonoro sbuffo attirò la sua attenzione.

La ragazza dai capelli biondi stava cercando di liberare il piede da un ramo caduto da un albero vicino. La stringa della sua scarpa bianca si era impigliata e lei tentava di strattonare la gamba senza successo.

Provò di nuovo, ma il ramo, invece di staccarsi, le finì contro la coscia. Esasperata, sbuffò più forte lasciando cadere a terra lo zaino.

Il ragazzo mise allora le mani nelle tasche dei jeans chiari e, dopo aver guardato la strada, scese dal marciapiede e attraversò con passo cadenzato. Era tranquillo, come se avesse altro per la testa e fosse capitato lì per caso.

Sorrise quando fu vicino abbastanza per vedere gli occhi della ragazza.

Azzurri.

E una persona normale avrebbe colto tutte le sfaccettature di quel colore, ma per uno come lui era solo azzurro. Statico, fermo, come la sua mente. Quasi non vedeva il fondo di quegli occhi.

Il ragazzo si piegò sulle ginocchia, si sporse in avanti e con un rapido gesto del polso spezzò una parte del ramo, lanciandola poi in mezzo alla strada. Lei indietreggiò, sorpresa. Afferrò lo zaino e sollevò lo sguardo.

Non sapeva come comportarsi, non sapeva se ringraziarlo o far finta di niente. La sua attenzione cadde sulla statura del ragazzo: era molto più alto di lei e le sue spalle avrebbero potuto sollevare un tronco per quanto erano forti e larghe. Subito dopo si soffermò sugli occhi, leggermente socchiusi per i primi raggi del debole sole di gennaio: erano azzurri e limpidi come il ghiaccio, simili ai suoi.

Lo osservò ancora per qualche istante. Poi abbozzò un cenno di ringraziamento con la testa e si voltò per andarsene. Ma qualcosa la trattenne e il fiato le rimase incastrato in gola.

Si girò di scatto fissando il punto in cui il ragazzo l'aveva appena afferrata.

Un piccolo sorriso gli spuntò all'angolo della bocca.

Lei cercò di ritrarre la mano, ma era troppo debole.

«Carina.»

La ragazza alzò lo sguardo. Solo quando realizzò il significato di quelle parole, il sangue iniziò a confluire alle sue guance. Sperò che lui non notasse il rossore improvviso sul suo viso.

«Come ti chiami?» chiese lo sconosciuto.

Lei prese un bel respiro, diede uno strattone e riuscì a liberarsi dalla presa del ragazzo, quindi lo guardò confusa. Lo vide infilare le mani dentro le tasche dei pantaloni e subito dopo fissarla; probabilmente stava aspettando una risposta.

«Hayley.» Quasi un sussurro.

Ci fu un momento di silenzio. Il ragazzo corrugò leggermente la fronte. Il suo sguardo era curioso e ammaliante. Faceva paura, come se da un momento all'altro potesse prenderla e portarla via. Senza fatica. Di colpo drizzò la schiena, si guardò intorno e diede le spalle alla ragazza, iniziando a camminare lungo il marciapiede.

Hayley rimase scossa. Non riusciva a giustificare quel comportamento, il modo di fare di quel ragazzo non aveva alcun senso. Alzò un sopracciglio e, prima che lui fosse troppo lontano, urlò: «Tu? Come ti chiami?»

Il ragazzo si girò appena, Hayley poteva vedere il suo sorriso sinistro anche da metri di distanza.

«Non ha importanza.»

3

YELL

Hayley si guardava il polso incantata, neanche si accorse delle parole della madre.

Aveva spesso la testa tra le nuvole, non lo faceva apposta, semplicemente a volte la sua mente si fermava su qualcosa, e tutto il mondo intorno spariva. Era fatta così: suo malgrado, aveva la capacità di estraniarsi da ciò che le succedeva.

Sentendo di nuovo la voce della madre, pensò alla pelle raggrinzita del suo viso stanco e grigio, nascosta sotto un inutile strato di trucco. Sì, a un rapido sguardo il suo aspetto eccentrico e curato poteva sembrare fresco e perfetto, ma secondo Hayley era impossibile fregare Madre Natura, cercando di sembrare ciò che non si è: ancora giovani, nel caso di sua madre che, nonostante i suoi quarantotto anni, si comportava come se ne avesse trenta, o estroversi e interessanti, quando invece, come Hayley, si era timidi e banali. Lei aveva accettato la propria indole, ed ecco perché non se la prendeva se le sue compagne la infastidivano, non si arrabbiava quando la prendevano in giro.

Hayley stava zitta. Per un motivo che neanche conosceva, pensava che, banalmente, alla gente non importasse cosa lei avesse da dire.

Come una pedina contò i passi che dividevano camera sua dalla cucina.

Da quando Evie aveva iniziato il college, la casa era silenziosa. Hayley aveva sempre considerato la sorella maggiore un modello irraggiungibile di perfezione: a scuola era la ragazza più popolare e corteggiata, a casa teneva i discorsi più belli durante le cene di famiglia e ogni anno esibiva una pagella da fare invidia.

Hayley, invece, era cresciuta nell'ombra, e quell'ombra poteva essere di tutto e tutti: di una sorella perfetta, di un padre assente, di una madre tutta concentrata su sé stessa e addirittura di un ragazzo.

Lei riusciva a intrufolarsi nell'ombra di chiunque, ormai era un'esperta, e nessuno la scopriva, nessuno la andava a cercare.

Entrò in cucina, bevve un bicchiere d'acqua, e subito tornò in camera. Si buttò sul letto e imprecò a bassa voce dopo essere atterrata con la schiena sul libro di scienze, lo lanciò sul pavimento e si portò di nuovo il polso davanti agli occhi.

Lo fece ruotare lentamente, osservandolo.

Poteva ancora sentire sulla propria pelle quel contatto che era durato pochi secondi.

Chiuse gli occhi e tornò a quel momento. Vide chiaramente il ragazzo dallo sguardo di ghiaccio davanti a lei, alto, biondo, con un sorriso strano, quasi inquietante. Le *sue* dita erano su di lei.

Hayley si ricordava alla perfezione di quel momento. Aveva una memoria sbalorditiva, riusciva a ricordare gli avvenimenti nei minimi dettagli anche a distanza di mesi o addirittura anni.

Aprì gli occhi e si sfiorò il polso con i polpastrelli. Poi puntò lo sguardo al soffitto e portò la mano dietro la schiena, infilandola tra il suo corpo e il materasso, come per non vederla, come se a un tratto non volesse più ricordare quell'incontro stravagante. In lontananza sentì la porta dell'ingresso chiudersi e una voce squillante risuonare per la casa.

Evie era tornata.

Entrò nel parco e si avviò verso il muretto pieno di scritte insensate e sbiadite dove l'amico lo stava aspettando.

«Allora?» chiese il ragazzo dai capelli neri appoggiato al muretto. La sua voce profonda echeggiò nel parco ormai deserto.

Il sole stava per fare spazio alla luna, sottolineando il fatto che un altro giorno era passato.

«Hayley» biascicò il ragazzo biondo sedendosi accanto a lui. Senza aggiungere altro, prese a grattare l'intonaco sollevato del muretto. Piccoli pezzettini scuri caddero ai suoi piedi.

Il moro infilò le mani nelle tasche del giaccone e si strinse nelle spalle. Da qualche giorno il freddo aveva inondato la città.

«Sai qualcosa su di lei?» domandò, mentre alcuni lampioni iniziavano ad accendersi, uno dopo l'altro.

Il biondo si passò una mano tra i capelli e subito fu ripreso dall'amico che era, ovviamente, impaziente.

«Frequenta la nostra scuola» rispose stizzito.

«Wow, quante informazioni hai ricavato, sei meglio di Wikipedia» lo riprese l'altro in modo sarcastico.

Luke lo fulminò con lo sguardo, non gli piaceva essere interrotto, e soprattutto non gli piaceva essere preso in giro. L'amico soffocò una risata e gli fece gesto di continuare.

«È bionda e...» si fermò un secondo sbuffando «non lo so.»

«In poche parole non sai niente.»

«Caleb, falla finita» sbottò passandosi le mani sul viso, stanco di parlare.

Il ragazzo moro alzò le braccia in segno di resa e si mise anche lui a sedere. «Dico solo» iniziò a muovere le gambe, calciando il muretto e facendo cadere altro intonaco «che per giocare allo Yell devi sapere di più su di lei.»

Luke incrociò le braccia al petto approvando la tesi dell'amico con un cenno del capo.

Lo Yell andava avanti da anni e non era un semplice gioco: era una sfida, la più famosa e con la reputazione peggiore in tutta Baltimora. E Luke aveva già dimostrato di essere il più forte, il più coraggioso.

Smise di mordicchiare il piercing, mise le mani in tasca e tirò fuori una cartina e del tabacco.

«E tu?»

Caleb si voltò a guardarlo alzando un sopracciglio.

«La rossa?» chiese ancora Luke distribuendo un po' di tabacco sulla cartina.

Gli occhi scuri di Caleb si accesero. Abbassò lo sguardo, come se qualcosa lo avesse ferito. «Ah, non va bene per lo Yell, abita troppo lontano e ormai non ci parliamo neanche più» rispose in modo sbrigativo.

Luke si voltò a guardare l'amico, dal suo tono di voce era evidente che non voleva approfondire l'argomento.

«Spero che almeno questa Hayley sia grande abbastanza per lo Yell» disse infatti Caleb, riportando l'attenzione su Luke.

Quest'ultimo tornò a concentrarsi sulla sigaretta. Sovrappose i due lati della cartina, la rollò, poi la sigillò passando lentamente la punta della lingua lungo il bordo. «Hayley non è piccola» rispose secco.

Caleb alzò gli occhi al cielo. «Ma forse è piccola per lo Yell. Andiamo, quanti anni avrà? Quindici? Sedici?»

«Come hai potuto capire prima, non so molte cose quindi no, non so quanti anni abbia» ribatté semplicemente Luke, e non gli importava neanche tanto saperlo. A lui serviva lei per vincere. Ed era quasi sicuro che con quella ragazza accanto sarebbe stato invincibile, come se lei, per qualche oscura ragione, potesse essere un portafortuna.

Non volendo continuare il discorso con Caleb, Luke gli porse la sigaretta con sguardo complice.

«Allora, smezziamo?»

Caleb sorrise e annuì. «Prima, però,» disse scendendo dal muretto «dimmi cosa farai con *quella.*»

Luke si strofinò gli occhi con il dorso screpolato di una mano. Si stava innervosendo; con le sue stupide domande, Caleb riusciva a fargli perdere la pazienza.

«Prima di tutto cercherò di capire quali corsi frequenta.»

Caleb annuì. «Okay, ti darò una mano.»

«E perché mai?»

Caleb sorrise, Luke era sempre stato così, un individualista solitario, che neanche concepiva che qualcuno, un amico, potesse voler stare al suo fianco e occuparsi di lui.

«Perché come te ho bisogno anch'io di una ragazza per lo Yell, genio.»

Luke alzò le spalle contraendo leggermente le labbra.

Caleb non aggiunse altro.

4

GREY

Arrivata allo sfinimento, Hayley alzò la mano cercando di farsi notare dalla professoressa. Da più di mezz'ora, nei banchi alle sue spalle, Crystal e le sue amiche sghignazzavano prendendola in giro.

Quando finalmente ebbe il permesso di uscire dall'aula, Hayley si incamminò verso i bagni. Il secondo semestre era ormai iniziato e, dopo cinque mesi di scuola, lei non era ancora riuscita a farsi delle amiche. Capitava di tanto in tanto che qualche ragazza le rivolgesse la parola, ma il più delle volte si sentiva esclusa, anzi ignorata, come se non esistesse. Non che questo le desse fastidio... a dire il vero preferiva essere trasparente piuttosto che mira degli stupidi scherzi di Crystal e delle sue amiche. Aveva imparato a vivere nel proprio mondo, a bastare a sé stessa, ma a volte, senza una ragione precisa, diventava di colpo triste, e allora un'angoscia senza fine prendeva il sopravvento.

Immersa nei suoi pensieri, Hayley entrò nel bagno e si avvicinò subito al lavandino. Aprì il rubinetto facendo scorrere l'acqua fresca sui polsi.

Provò un sollievo immediato. Chiuse gli occhi, rilassò le spalle e immaginò che l'angoscia che provava scivolasse via dalle sue vene fino ad arrivare ai tubi di scarico della scuola.

Era vero, era diversa dalle sue coetanee, diversa da Crystal, diversa da tutte... Non era bella, non era perfetta, non era alla moda... ma non era colpa sua, semplicemente non era quel tipo di persona. Non pretendeva di essere accettata, ma almeno ignorata e lasciata in pace.

Hayley chiuse il rubinetto e fece sgocciolare le mani. Si chinò in avanti, appoggiò i gomiti al lavandino e si lasciò andare a un pianto liberatorio.

Dall'altra parte del muro, nei bagni dei ragazzi, Luke si era appena acceso una sigaretta per sbollire la predica di venti minuti che si era dovuto sorbire dalla professoressa di matematica perché si era presentato tardi a lezione. Attraverso la finestra aperta, guardava il centro di Baltimora ghiacciato, il filtrino tremava contro le sue labbra per la rigida aria invernale.

La felpa blu che indossava era troppo leggera per quelle temperature, ma non lo avrebbe ammesso neanche a sé stesso, piuttosto avrebbe finto di star bene, fino al suo ritorno a casa.

Soffiò fuori dalle labbra un piccolo anello di fumo, si appoggiò al davanzale con i gomiti e pensò a quanto quella città gli stesse stretta. Odiava Baltimora. Odiava le case, il paesaggio che non cambiava mai, le persone... non sopportava niente.

Buttò giù dalla finestra il mozzicone della sigaretta ormai finita e si girò verso l'interno della stanza, fulminando il ragazzo che era appena entrato. Lo superò senza degnarlo di uno sguardo, ma con la coda dell'occhio lo scorse fare una smorfia per il pungente odore di fumo.

Non appena aprì la porta del bagno si bloccò.

Un mare azzurro lo investì e lo fece quasi affogare. Gli occhi di Hayley lo fissavano con stupore.

Lui la guardò impassibile, come se sapesse da ore che lei fosse lì.

«Non ha importanza» la sentì mormorare.

Il ragazzo corrugò la fronte stringendo le sopracciglia.

«Tu sei il ragazzo del 'Non ha importanza', no?» spiegò lei a voce più alta.

Hayley fece qualche passo, lo superò e si diresse verso la sua classe.

Il corridoio era vuoto, riecheggiavano solo i suoi passi mentre si allontanava velocemente dai bagni.

«Che anno frequenti?» Dei passi più pesanti seguirono quelli leggeri di Hayley.

«Non ha importanza» biascicò lei senza rallentare e svoltando l'angolo.

Sentì il ragazzo ghignare e si immaginò l'espressione sul suo viso magro.

«Anni?»

La voce di Luke la seguiva ma lei non cedeva, e per provocarlo ancora rispose: «Non ha importanza.»

Sorrise soddisfatta della propria audacia ma si spaventò quando non sentì più ridere l'ombra che la stava seguendo. Si fermò in mezzo al corridoio, vicino alle scale d'emergenza, e fece un mezzo giro su sé stessa.

La timidezza e la paura che aveva cercato di reprimere adesso fremevano per uscire. Si era sforzata di sembrare sicura di sé, ma in quel momento si accorse di aver esagerato.

Due grandi occhi azzurri le arrivarono vicino, una presa le cinse l'avambraccio.

Luke la guardò con occhi neutri, stando attento a non far trasparire nessuna emozione. Era bravo in quello.

Hayley abbassò lo sguardo intimidita.

«Adesso basta, non mi piace quando le persone si prendono gioco di me.»

La sua voce era seria, la presa sul braccio si allentò leggermente mentre si faceva più vicino al viso della ragazza.

«Quindi,» insistette il ragazzo staccando la mano dall'avambraccio di Hayley «che anno frequenti?»

«Il secondo» rispose lei. Tutta la forza che aveva messo nel farsi vedere sfacciata era sparita all'istante.

Lui invece chiuse gli occhi, beandosi di quella sensazione di paura che il corpo di Hayley emanava. «Hayley Cohen. Secondo anno» ripeté come per memorizzare le poche informazioni.

Lei spalancò gli occhi al suono del proprio cognome: come faceva a conoscerlo? Sentì il disagio inondarle il corpo.

«Anni?»

«Quindici» sibilò a bassa voce.

Luke sorrise, fece per parlare ma si fermò quando sentì una porta chiudersi; una ragazza gli passò di fianco guardando la scena in silenzio. Aveva memorizzato ogni dettaglio, lui lo sapeva. Sicuramente nel giro di qualche ora tutti sarebbero stati a conoscenza dell'incontro tra lui e Hayley, e la cosa gli diede leggermente fastidio.

«Ti aspetto all'uscita.»

Hayley scosse la testa premendo le piccole mani contro il petto possente del ragazzo per spingerlo via. «Io neanche ti conosco.»

In realtà, sapeva chi era, tutti lo conoscevano, solo non le piaceva quella situazione.

Luke rise, allontanandosi lentamente.

«Non era una domanda.»

Hayley lo vide scomparire. Ancora una volta, come giorni prima, quel ragazzo dagli occhi chiari e i capelli biondi l'aveva sfidata.

5

HOUSE

La mensa era un ronzio continuo di voci squillanti. Hayley era seduta con le mani poggiate sulle gambe mentre guardava il suo vassoio pieno di cibo.

Ascoltava le ragazze al suo stesso tavolo parlare tra di loro. Frequentavano l'ultimo anno ed erano amiche di Evie, anche se loro, sicuramente, non avevano idea che lei fosse sua sorella.

«Avete sentito?» Una voce acuta squittì alla sua destra attirando l'attenzione di una ragazza dai capelli rossi di fronte a lei. «Luke è stato visto con una tipa nei corridoi, alla seconda ora» disse sottovoce, per conferire alla notizia una velatura di interesse.

Hayley alzò di poco gli occhi sul tavolo blu. Era sconcertante come le voci girassero in fretta in quella scuola, e se si parlava di Luke le notizie erano ancora più veloci. Lo conoscevano tutti, e ogni cosa avesse a che fare con lui suscitava un enorme interesse.

Nella sala si sovrapponevano centinaia di voci, ma Hayley si concentrò su una sola, quella dall'altra parte del tavolo. Stava parlando di lei.

«Sì, me l'ha detto Jessica. Li ha visti. Poverina, un'altra ragazzina con l'adolescenza rovinata.»

«Sei solo invidiosa perché non ha *scelto* te» commentò la rossa di prima, facendo alzare gli occhi al cielo all'amica.

Hayley corrugò la fronte. Di cosa stavano parlando?

«Ti sbagli. Mi dispiace solo per quella ragazza, sappiamo tutte che Luke non è esattamente un *angelo*» disse marcando l'ultima parola in modo sarcastico.

Alcune ragazze annuirono e subito dopo passarono a parlare di altro.

Lui aveva *scelto*... Hayley si sentì terribilmente chiamata in causa. Mentre ascoltava quelle ragazze parlare, le sembrava di essere sotto processo: loro erano i giudici, lei la colpevole, anche se inconsapevole... Luke l'aveva scelta, ma Hayley non sapeva ancora per cosa. Sul suo conto giravano tante voci; lei sapeva grosso modo chi fosse Luke, ma non si era mai interessata più di tanto a quello che faceva, né aveva mai avuto un contatto diretto con lui prima di allora.

In verità, realizzò Hayley all'improvviso, quella mattina in mezzo alla strada non era stato il loro primo incontro. Si ricordò solo allora di un episodio dell'anno precedente, il primo per lei alla Baltimora High School. Era seduta nell'anticamera dell'ufficio del preside, in attesa di conferire con lui. Era da sola e in rigoroso silenzio, quando a un tratto, da dentro l'ufficio, quella che doveva essere la voce del preside oltrepassò la porta di legno e arrivò forte e chiara alle sue orecchie.

«*Adesso torna immediatamente in classe!*» Quella frase l'aveva sentita distintamente perché nel frattempo la porta si era aperta di colpo e un ragazzo alto e biondo era uscito dall'ufficio con passo veloce, senza neanche guardarla.

In quel momento, ricondusse Luke al ragazzo.

Al termine delle lezioni, Hayley uscì dalla scuola velocemente, fissò la strada davanti a sé e, a passo spedito, si unì alla fiumana di studenti che percorrevano il cortile, sperando che Luke non la notasse.

Seduto su una panchina, lui la guardava muoversi nella folla. Continuò a osservarla per alcuni istanti. Poi si alzò, lanciò uno sguardo d'intesa a Caleb, seduto di fianco a lui, e le andò incontro lentamente. La raggiunse senza difficoltà e le mise una mano sulla spalla facendola sussultare.

«Andiamo?»

Hayley strabuzzò gli occhi e strinse le mani intorno alle cinghie del suo zaino.

«Dove vorresti andare, scusa?» chiese Hayley cercando di indietreggiare.

Luke le appoggiò una mano dietro la schiena e le diede una leggera spinta, per invitarla a camminare.

«Non mi toccare!» disse ancora, scossa per il suo comportamento rude.

Senza togliere la mano dalla sua schiena, Luke continuò a guidarla fino al cancello della Baltimora High School. Per lui era come muovere una pedina, strusciandola sulla scacchiera. Neanche si preoccupava di guardarla, né si voltò verso il cortile, più che sicuro che la maggior parte delle persone li stesse osservando.

Arrivarono in una piazzetta recintata da un muretto malmesso.

Hayley guardò il ragazzo sistemarsi contro di esso e lanciare a terra il piccolo zaino che portava con sé. Fece lo stesso con il proprio, ma si tenne ben distante dal muretto. Incrociò le braccia al petto, e fissò Luke con uno sguardo di fuoco.

Lo osservò prendere una cartina e del tabacco dalla tasca del giaccone.

«Hai mai fumato?» chiese lui in tono tranquillo, non la guardava ancora, troppo concentrato su ciò che teneva in mano.

La ragazza pensò che stesse scherzando, non poteva davvero essere così tranquillo mentre lei era furiosa.

«Perché mi hai portato qui?» sbraitò. Avrebbe voluto mettergli le mani addosso, la paura che aveva provato nel corridoio qualche ora prima era stata scacciata via dalla rabbia.

«Hai mai fumato?» chiese ancora il ragazzo, come se Hayley non avesse mai parlato. In realtà, solo lui sapeva che alla sua domanda non aveva risposto perché semplicemente non sapeva cosa dire.

«No» rispose piatta Hayley, osservando la piazzetta in cui si trovavano. Era un posto squallido: a terra c'erano lattine vuote e mucchietti di rifiuti. Lei si sentiva come una di quelle lattine: usata, abbandonata e lasciata in balìa di sé stessa a decomporsi.

«Vuoi provare?»

I suoi occhi trasparenti la fissarono con aria di sfida, come se quello fosse un esame.

Hayley scosse la testa suscitando in Luke una leggera risata. La rabbia la faceva stare zitta.

Osservandolo rifletté che lui era sempre scoordinato. Anche quando rideva gli occhi esprimevano tutt'altro o, la maggior parte delle volte, non esprimevano niente.

Velocemente chiuse la sigaretta, se la sistemò tra le labbra e tirò fuori un accendino.

Ora che aveva vicino 'il pericolo di Baltimora', del resto, Hayley non aveva quasi più paura.

Per diversi minuti nessuno dei due parlò. Solo quando la sigaretta toccò terra, ormai fumata fino al filtro, Luke ruppe il silenzio: «Ti accompagno a casa.»

Hayley fece una smorfia contrariata.

«Fammi capire...» iniziò lei, cercando di reprimere la rabbia che stava spingendo per uscire «tu mi hai portata qui per... be'... per niente, e adesso mi vuoi accompagnare a casa?»

Lui non rispose e iniziò a camminare.

Hayley perse la pazienza. «Cosa vuoi da me?» sbottò a voce alta, stringendo la mano in un pugno.

Si stupì di sé stessa, della propria audacia.

«In particolare, niente» rispose lui continuando a camminare. Il suo tono era tranquillo, come se le parole fossero uscite dalle sue labbra senza volerlo, e questo ad Hayley dava ancora più fastidio. «Mi piaci.»

Hayley distolse lo sguardo da Luke, sentendo che il viso le stava andando a fuoco. La rabbia si era attenuata ed era stata sostituita dall'imbarazzo. «Non fai così paura come dicono» si lasciò sfuggire, tenendo lo sguardo basso sulle scarpe rovinate del ragazzo.

«Non hai *mai* visto quello che dicono.»

La voce di Luke era fredda e distaccata.

6

LOST

Stesa sul letto, alzò lo sguardo verso la porta quando la sentì aprire.

Evie aveva una spalla appoggiata allo stipite e la guardava a braccia conserte.

«Mi vuoi ancora bene, vero?»

Hayley chinò il capo di lato facendo ricadere i capelli biondi su una spalla sola. Da quando sua sorella era tornata a casa, lei non le aveva rivolto la parola, e adesso con quella domanda l'aveva spiazzata.

«Certo» rispose Hayley flebilmente, nascondendo le troppe parole che avrebbe potuto dire su quell'argomento.

Aveva sempre guardato Evie con gli occhi velati da un leggero strato di invidia che aveva imparato a nascondere bene. Erano così diverse.

«Se ti succedesse qualcosa, me lo diresti, vero?»

Hayley la vide spostare il peso sull'altra gamba e fare qualche passo verso di lei. Chiuse il libro di storia prima di dedicare la sua completa attenzione alla sorella.

In quel periodo nella sua vita stavano succedendo molte cose che non capiva fino in fondo e di cui non voleva parlare a nessuno.

Per non farla preoccupare rispose solo: «Certo, Evie. Perché me lo chiedi?»

«Così, curiosità.» Le sorrise gentilmente stringendo gli occhi color cioccolato prima di abbandonare la stanza.

Hayley era ancora più confusa. Sentì i passi della sorella allontanarsi lungo il corridoio, si stese a pancia in su e fissò il muro sopra di lei. I suoi pensieri giravano come un vortice scoordinato nella sua mente. Perché Evie le aveva detto quelle cose? Cosa sapeva? Chi gliel'aveva detto?

Se ne stava con la schiena appoggiata al muretto e giocava con la fibbia nera del suo zaino a righe.

Muoveva continuamente la testa a destra e a sinistra, si sentiva osservata, e ogni volta che vedeva qualcuno, questa persona stava già ricambiando il suo sguardo. Era a disagio.

Si tirò giù il maglione per coprirsi le cosce fasciate dai jeans, quando un'ombra le si parò davanti.

Non si stupì di riconoscervi Luke. Si stava abituando alla sua figura alta e imponente.

«C'è un piccolo cambiamento di programma.» La voce roca la risvegliò dai suoi pensieri.

Era riuscita, standogli lontana un giorno, a dimenticarsi di Luke. Però, in una scuola dove pure i muri sussurravano il suo nome, era difficile evitarlo a lungo.

Lui la prese per un polso tirandola leggermente verso di sé. Hayley riuscì a divincolarsi.

Il ragazzo si girò appena e la fulminò con i suoi occhi di ghiaccio. «Hayley, andiamo.»

Lei scosse la testa anche se intimorita. «Non posso saltare un giorno di scuola, e comunque non vengo da nessuna parte con te» disse con voce flebile.

Luke la strattonò ancora. «E invece andiamo, adesso. Oggi non ho voglia di entrare a scuola ma non ho neanche voglia di aspettarti qui fuori.»

«Nessuno ha detto che mi devi aspettare.» Hayley provò di nuovo a liberarsi dalla sua presa.

La campanella suonò, e lei si sentì addosso gli occhi di mezza scuola.

«Luke, basta, stiamo dando spettacolo.» Era la prima volta che Hayley pronunciava il suo nome. Pensò al fatto che lui non le avesse neanche chiesto come facesse a conoscerlo.

Luke si voltò verso di lei. Sembrava furioso. «E allora?» le sussurrò a denti stretti. «Sinceramente non mi interessa chi mi guarda o cosa pensa la gente. Ora andiamo.»

Hayley iniziò a dimenarsi, sotto l'indifferenza degli studenti che si godevano lo spettacolo. Lo sapeva bene che la gente era fatta così, curiosa ma indifferente a tutto.

Quello però che la indignava davvero era l'arroganza di Luke. Chi si credeva di essere? Non poteva pretendere che lei lo seguisse, neanche si conoscevano, non avevano mai avuto una benché minima conversazione e soprattutto Hayley non si fidava per niente di lui.

Luke incrociò le braccia al petto, chinò la testa di lato e chiuse gli occhi in due fessure, fissandola con rabbia. Non tollerava che qualcosa non andasse secondo i suoi piani.

«Lukey, lasciala andare, su.»

Dietro di lui, Caleb, mani in tasca, li guardava con aria indifferente. Come se quella scena la vedesse tutti i giorni.

Luke rilassò le spalle e si voltò verso l'amico. «Perché non ti fai gli affari tuoi, Cal?»

Ad Hayley non ci volle molto per capire che quello era Caleb Brooks.

Alzò gli occhi al cielo, imprecando contro chiunque lassù avesse il compito di proteggerla. Davanti a sé aveva i ragazzi più temuti di Baltimora, perfetti in tutto quanto pericolosi.

Hayley cercò di approfittare del momento per allontanarsi, ma Luke si girò verso di lei puntandole un dito contro. «Se te ne vai, tutti sapranno cos'hai fatto!» sputò arrabbiato.

«Ma non ho fatto niente» provò a difendersi lei, cercando inutilmente lo sguardo di Caleb che vagava per il cortile ormai quasi vuoto.

«Io potrei dire il contrario, che sei venuta a casa mia e hai cercato di compiacermi in modi non troppo... casti, o altro ancora. A chi pensi che crederebbero le persone?» disse Luke con un ghigno. Si girò dandole le spalle e facendo segno all'amico di seguirlo. La stava lasciando andare. «Non scordarti con chi hai a che fare.»

Dopo essere entrata in ritardo, Hayley aveva passato tutta l'ora di storia a evitare gli sguardi dei suoi compagni.

Curiosi, indagatori e alcuni forse *invidiosi.*

A fine lezione, si catapultò fuori dall'aula a testa bassa e raggiunse il suo armadietto. Appoggiò la fronte allo sportello duro e freddo pensando a cosa dire a sua madre per giustificare il ritardo e la punizione che si era presa appena entrata in classe. Affondò il naso dentro l'armadietto cambiando velocemente i libri.

Quando riemerse e chiuse lo sportello, due occhi neri, nascosti da grandi lenti trasparenti, la fissavano.

Era una sua compagna del corso di psicologia.

Non era mai stata troppo a osservarla.

Era una ragazza comune, poco più bassa di Hayley, con una lunga frangia scura che le ricadeva davanti agli occhi.

Notò che le punte dei capelli erano più chiare.

«Ciao» disse la ragazza sistemandosi la tracolla bianca sulla spalla.

Hayley non rispose, non aveva mai avuto molte conversazioni con le sue compagne. Perché stavano succedendo tutte quelle cose?

«Sei nella mia classe di psicologia, vero?»

Annuì confusa.

«Non ti dà fastidio se ci andiamo insieme, vero?» La ragazza le fece segno di seguirla

Hayley scosse la testa e lei di rimando le sorrise.

Sembrava una ragazza riservata e tranquilla, ma, a guardarla bene, aveva negli occhi una luce particolare che tradiva un che di vitale se non addirittura ribelle.

«Comunque sono Ryan» disse lasciando spuntare l'apparecchio che le fasciava i denti dell'arcata superiore. «Lo so è un nome da maschio ma a mio padre piaceva.»

Hayley sorrise e insieme si incamminarono verso l'aula.

«Hayley» rispose presentandosi a sua volta.

Ryan annuì svoltando l'angolo. «Lo so.»

Hayley aggrottò la fronte stringendo più forte il libro che aveva tra le mani.

«Sai, non ho tanti amici.»

Hayley le fu grata quando la sentì cambiare argomento.

«Nemmeno io.»

Si fermarono davanti all'aula di psicologia.

«Spero che David non mi interroghi, la scorsa volta non c'ero» commentò Ryan indicando con il mento il professore seduto dietro la cattedra.

Hayley sorrise dandole una pacca sulle spalle. «Ti presto i miei appunti se vuoi.»

Ryan annuì sedendosi vicino alla sua nuova amica sotto lo sguardo di tutti.

A fine giornata, mentre varcavano il portone della scuola, Hayley stava ridendo di gusto a una battuta di Ryan. Quella ragazza era davvero simpatica e avevano scoperto di avere molte cose in comune.

Per una volta, in una scuola di ottocento studenti, Hayley non si sentì poi così sola.

Fermò i suoi passi quando si accorse di un paio di occhi scuri che la fissavano da una panchina del cortile.

Salutò Ryan velocemente dandole appuntamento per il giorno dopo e tornò a guardare quel viso conosciuto.

Il ragazzo, prima rimasto in disparte, si avvicinò velocemente a lei, e senza dire una parola lui e Hayley iniziarono a camminare nella stessa direzione, uno accanto all'altra.

«Hayley» disse lui a mo' di saluto.

«Caleb.»

7

INSANE

Camminarono per un po' in totale silenzio. Hayley teneva le mani in tasca e lo sguardo basso, fisso sulla strada vuota e sul marciapiede grigio. Ora le sembrava che ogni cosa avesse assunto quel colore indefinito, sporco, non chiaro. Camminava di fretta, visto che sarebbe dovuta rientrare presto a scuola per scontare la punizione.

«Mi dispiace per come si è comportato Luke oggi» disse a un tratto lui, rompendo il silenzio.

Hayley spostò lo sguardo su Caleb. Aveva gli occhi scuri e profondi, i capelli neri tenuti su da poco gel, e indossava una felpa verde scuro che gli fasciava il petto magro. Si limitò ad annuire, senza commentare.

«Era nervoso,» continuò lui «perché i professori lo prendono di mira in questo periodo. Non veniamo spesso a scuola ma quando lo facciamo è una tortura.»

Hayley annuì ancora, leggermente sorpresa ma non più di tanto, sapeva che i ragazzi come lui potevano fare a meno della scuola. «Lo conosci da molto?» chiese dopo essersi schiarita la voce con un colpetto di tosse.

«Abbastanza per dirti che non sarà l'ultima volta che si comporterà così.»

Ad Hayley si seccò la gola. Schiuse le labbra per inspirare più ossigeno.

Caleb non aggiunse altro, finché lei non gli disse che era

arrivata a casa. Lui tirò un leggero calcetto con la punta di plastica delle sue scarpe a un sassolino prima di parlare. «Credo che ci vedremo domani» constatò.

Hayley fece una smorfia contraendo le labbra fini.

«Penso che non abbia alcuna intenzione di lasciarti perdere, sai?» aggiunse poi.

«Perché?» domandò lei intimidita.

«Per Luke è tutto un gioco» spiegò. «Se posso darti un consiglio,» farfugliò agitando una mano prima di rimetterla nella tasca «non *giocare* con lui. Quando fa così, tu assecondalo oppure sii decisa a dirgli di no, non lasciare che ti manipoli. Lui è convinto di poter fare tutto.»

Hayley si sentiva giudicata, non gli piaceva che un ragazzo che aveva appena conosciuto le dicesse cosa fare o non fare. «Perché non dovrei 'giocare' con lui? E comunque, non ho nessuna intenzione di farlo... Fosse per me, non vorrei vederlo mai più.»

Quelle parole trafissero la mente del ragazzo, facendo riaffiorare ricordi che credeva ormai sepolti.

Caleb si alzò dall'asfalto tenendosi con la mano il ginocchio dolorante; una smorfia era impressa sul suo viso mentre guardava il ragazzo biondo davanti a lui.

Lo vide avvicinarsi veloce con il braccio teso verso il suo stomaco, che colpì poco dopo. Caleb tossì forte sputando a terra un misto di saliva e sangue che gli lasciò un sapore metallico in bocca.

«Reagisci!» urlò Luke spingendolo e facendogli perdere per qualche secondo l'equilibrio.

«Non posso!»

Luke si passò una mano tra i capelli lunghi sbuffando sonoramente, era stanco di quella situazione.

«Devi!» gli urlò contro. «Qui funziona così!»

Caleb scosse la testa premendosi la mano sullo stomaco.

Sul viso di Luke affiorò un sorriso perverso, malato.

«Facciamo un gioco» disse duro verso Caleb che aveva ripreso lentamente fiato. «Visto che mi stai facendo incazzare e non mi posso sfogare su di te, o mi tiri un pugno o domani andrò a scaricarmi su Amy.»

Caleb alzò il mento, sentendo il nome della sorella. Lo trafisse con gli occhi scuri.

«Tu non tocchi mia sorella, Luke.»

Lui sorrise. «Allora fermami» sussurrò.

Caleb si alzò prendendo un lungo respiro e trattenendo un gemito di dolore. Avanzò velocemente contro Luke, e quando il suo pugno colpì la guancia liscia e morbida dell'amico, si sentì meglio.

Lo vide indietreggiare e portarsi una mano sul punto colpito, un sorriso sornione decorava il suo viso. Sputò a terra prima di muovere la mascella, aprendo e chiudendo la bocca.

«Altra cosa» disse Luke indicando scherzosamente quello che sarebbe diventato il suo migliore amico.

«Non giocare mai con me, Cal.»

Lui corrugò la fronte mostrando un'espressione interrogativa. «Perché?»

Luke sorrise ancora, sputando, di nuovo, sull'asfalto di quella strada deserta. «Perché io vinco sempre.»

Hayley lo richiamò al presente sfiorandogli un braccio. «Perché?» chiese di nuovo curiosa.

Caleb ripensò a Luke, sempre voglioso di una risposta. Sorrise, riemergendo da quei vecchi ricordi, e disse quello che era stato detto a lui qualche anno prima: «Perché lui vince sempre.»

Hayley si ritrovò seduta appoggiata a un banco traballante, si teneva la testa con la mano mentre gli occhi vagavano per la stanza in cerca di una distrazione. Ogni tanto si soffermava anche troppo sulla scritta 'DETENZIONE' a caratteri cubitali sopra la lavagna nera. Il professore era seduto dietro la cattedra, le mani giunte tra loro sul ventre prominente. Forse lui era il più annoiato di tutti, teneva in mano il cellulare e ogni tanto si sentiva la musica di un videogioco. Solo lui poteva tenere il cellulare, quei pochi alunni che erano dentro alla classe o scrivevano o scarabocchiavano sul banco. Due ragazzi davanti ad Hayley ridevano indicando i soggetti osceni che avevano appena disegnato sulla superficie azzurrina del banco.

Un rumore sordo attirò l'attenzione di tutti, che erano stati in una bolla di silenzio per quasi un'ora. Hayley guardò la porta sbattere contro il muro, per la troppa forza con cui era stata aperta, e desiderò sprofondare. Luke era in piedi vicino alla cattedra mentre il professore gli diceva di consegnare il telefonino. «Ah, e visto che è arrivato in ritardo anche qui, domani si consideri impegnato in un nuovo elettrizzante pomeriggio in detenzione.»

Luke gli lanciò solo uno sguardo e subito dopo si incamminò verso le ultime file, Hayley lo seguì con gli occhi fino a quando non se lo ritrovò seduto nel banco accanto al suo.

La stava pedinando?

«Cosa ci fai qui?» chiese subito Hayley.

Luke si girò appena, facendo incrociare solo per un istante i loro sguardi. «Davvero sei sorpresa che io sia in detenzione?»

Hayley sbuffò, si lasciò scivolare leggermente in basso e incrociò le braccia al petto, in effetti non poteva dargli torto.

«E comunque sono qui per colpa tua» aggiunse Luke. «Sono stato fuori dalla classe di letteratura almeno mezz'ora, senza permesso, perché ti stavo cercando.»

«Io sono qua perché grazie a te oggi sono entrata in ritardo» sbottò Hayley. «E comunque, nessuno ti ha chiesto di venirmi a cercare.»

Luke sembrò sorpreso di sentirla ribattere con quel tono.

Hayley cercò di distrarsi osservando altre due ragazze, in seconda fila, vicino alla finestra. Una stava scarabocchiando qualcosa sul muro mentre l'altra controllava che il professore non le stesse guardando. Cercò di vedere cosa la ragazza avesse disegnato ma Luke le diede dei colpetti sulla spalla per distrarla ancora.

«È colpa tua se sono finito in punizione» ripeté il ragazzo.

Hayley si sporse dalla sedia per avvicinarsi di più. «Ti ho già spiegato che non è stata colpa mia. Perché non mi lasci stare e basta?»

Luke aggrottò le sopracciglia. «E tu perché non stai un po' zitta?»

A quelle parole, Hayley non si trattenne più. A lei piaceva

stare nel suo, non amava essere disturbata e di certo non voleva essere trattata in quel modo. «Sei stato tu a sederti vicino a me, e sei stato tu a provocarmi. Sei tu che dovresti stare zitto!»

Troppo tardi si accorse di aver parlato ad alta voce. Le poche persone presenti nell'aula si girarono a guardarli, compreso il professore, che nel frattempo si era alzato e si era posizionato davanti al banco di Hayley. Lei lo guardò dal basso.

«In detenzione bisogna stare in silenzio, dovreste pensare agli sbagli che avete commesso.» Il professore fece una pausa. «Domani si faccia trovare qui alla stessa ora di oggi. Magari servirà a farle capire che deve rimanere in silenzio durante la detenzione.»

Hayley si portò le mani sul viso, sospirando.

Il professore tornò alla cattedra ma continuò a parlare. «Luke, non si creda innocente. Non le ho detto niente solo perché avevamo già stabilito che trascorrerà il pomeriggio di domani qui.»

Dopo qualche secondo, Hayley alzò la testa e si girò verso Luke.

Lui la stava già guardando, con aria di sfida.

Tutta la spavalderia e la stanchezza di Hayley svanirono in una brezza di terrore e disagio, lo sguardo di Luke diceva tutto. In quel momento era certa che lui non l'avrebbe lasciata stare.

8

«OH TRUST ME, YOU'LL DO IT.»

«Ragazzina» disse in tono di saluto Luke. Hayley gli passò di fianco e si lasciò cadere di peso sulla sedia. Erano negli stessi banchi del giorno precedente, però in quel momento c'erano solo loro due e il professore.

Hayley fece una smorfia contraendo il labbro superiore. La sera precedente aveva cercato di non pensare a Luke, ai suoi modi rudi e alle sue parole, ma il pensiero di lui era come un orologio, a ogni ora risuonava forte e deciso, disturbando la tranquillità di Hayley.

La ragazza sbuffò e si strinse nel piumino che stava indossando; nonostante fossero al chiuso, la temperatura era rigida. Lo sguardo le cadde in basso, notò le Converse consumate di Luke e le venne da sorridere.

Dovevano appartenergli da molti anni, pensò Hayley, perdendosi nei dettagli del ragazzo di fianco a lei.

«Perché non mi parli?» domandò Luke a bassa voce, il professore era preso a giocare al telefono.

Hayley incrociò le braccia al petto, questa storia la stava stancando.

Guardò i lineamenti del ragazzo, illuminati solo dalle lampade a neon che penzolavano dal soffitto bianco. La mascella sembrava più delineata dandogli un aspetto più duro e mascolino.

«Cosa ti dovrei dire?» Hayley rilassò il corpo rigido, guardò gli occhi di Luke illuminarsi di colpo.

«Mah... potresti dire che ti va di uscire qualche volta con me, che il solo pensiero ti fa sentire pazza di gioia.» Lui sorrise; lo aveva detto quasi in tono sarcastico, come per prenderla in giro.

«Ti sembra una buona idea?» Hayley si sforzava di apparire indifferente, ma in realtà le sue guance avevano preso fuoco; non pensava che un ragazzo come Luke potesse darle attenzione. Soprattutto le faceva paura il modo in cui lui cambiava atteggiamento. Si ricordò i suoi occhi pieni di rabbia del giorno prima, e invece in quel momento aveva un'aria quasi... divertita? Felice?

Era strano.

«Non ho detto che è una buona idea, anzi.»

«E se non è una buona idea, perché vorresti uscire con me?»

Luke alzò gli occhi al soffitto.

«Perché continui ad attirare la mia attenzione?» seguì lei. «Un momento sembra che tu voglia uccidermi e quello dopo vuoi uscire con me. Non ha senso.»

Luke la fulminò con lo sguardo prendendola per le braccia.

«La smetti di dire idiozie, per favore?» Perse la pazienza.

Hayley deglutì, spaventata per il suo repentino cambiamento d'umore. Lanciò un'occhiata al professore che, troppo assorto nel suo cellulare, era del tutto indifferente a loro.

Nel frattempo Luke si era avvicinato a lei, e i loro visi erano adesso a pochi centimetri. Hayley chiuse gli occhi, e sentì il naso di Luke sfiorarla appena, sulla guancia.

Il suo respiro caldo le riscaldava il collo e la mascella. Le sue palpebre chiuse tremarono quando le mani che le stringevano le braccia la tirarono di più verso quel corpo estraneo.

Hayley aprì gli occhi.

«Se decidi di uscire con me, vorrei che non lo dicessi a nessuno. Non mi piace quando le altre persone sanno i fatti miei» le sussurrò Luke. Un calore improvviso generò miliardi di brividi nel piccolo corpo di Hayley.

Quando il viso di Luke si allontanò dal suo, la ragazza si avvicinò istintivamente per ridurre la distanza, ma si ricompose subito, seguita da un leggero sorriso di lui.

«Vorrei solo passare del tempo con te, tutto qui.»

Hayley lo guardò per alcuni istanti, e all'improvviso si accorse di star sudando. Quando si era alzata la temperatura? Si tolse velocemente il piumino e lo sistemò sullo schienale della sedia di legno. In uno scatto tornò a guardare Luke.

«Non ti interessa se io sia d'accordo o meno, vero? Non mi lascerai stare comunque» sibilò Hayley a denti stretti. «L'altro giorno in cortile mi hai minacciata, se ti ricordi.»

«È che mi piace ottenere le cose che voglio. Diciamo che ti ho solo dato una spinta di incoraggiamento.» Luke rise, e nel suo sorriso c'era qualcosa di strano, c'era verità. Hayley intuiva che non si sarebbe fatto scrupoli a concretizzare le sue minacce e a spargere voci false su di lei.

«Sei pazzo» commentò.

«Non ho mai detto il contrario» rispose lui.

Hayley sarebbe voluta sprofondare sottoterra; già la sua vita scolastica era un incubo, in più adesso Luke la teneva stretta nel palmo della sua mano.

«E se ti dicessi di no? Se mi rifiutassi di passare del tempo con te?»

Luke sporse il busto in avanti, verso di lei. «Oh fidati, non lo farai.»

Hayley avrebbe voluto dirgli che poteva andare in giro a urlare tutte le stronzate che voleva, a lei non importava. Ma non ci riusciva, aveva troppa paura.

Chiuse gli occhi; lui l'avrebbe usata. L'avrebbe portata ancora più in basso di quanto non fosse già. Non disse niente, si girò e non guardò più Luke, e lui non cercò più di attirare la sua attenzione.

9

HIDE

Ryan chiuse l'armadietto strabuzzando gli occhi neri, si sistemò la montatura delle lenti, anch'essa nera, prima di esplodere in un sonoro: «Quindi Luke non ti lascerà stare?!»

«Ryan! Abbassa la voce» la richiamò Hayley, affiancandosi a lei. «Meglio parlarne fuori di qui.» Anche se mai nessuno le notava, i corridoi erano pieni di studenti ed era meglio non rischiare di attirare l'attenzione.

«Scusa è che... A dire il vero, non sto capendo molto...»

Hayley la vide portarsi una mano sotto le lenti spesse e strofinarsi un occhio poco truccato.

Si avviarono all'uscita. Un uomo sulla cinquantina, con una tracolla grigia e blu, fece loro un cenno di saluto con la testa. Il professor George David, alto e longilineo, aveva modi cordiali e un aspetto giovanile per la sua età.

Quando lo sorpassarono Ryan gli lanciò uno sguardo torvo e, una volta uscite in cortile, alzò le mani al cielo con fare teatrale. «Quel dannato gay mi ha dato una E, e adesso pretende pure di salutarmi con un sorrisino!»

Hayley rise per la reazione colorita dell'amica. Ryan era davvero un personaggio sopra le righe e riusciva sempre a strapparle un sorriso. Nonostante si conoscessero da poco, Hayley le aveva già raccontato tutto riguardo a Luke e Caleb. Le era servito confidarsi con qualcuno, per lei era stata un'esperienza nuova.

Ryan osservò il cortile intorno a loro, poi alzò gli occhi verso il cielo bianco. Sobbalzò quando un cristallo di neve le si posò sulla lente destra, sciogliendosi subito. «Sta iniziando a nevicare, è meglio darsi una mossa.» Abbracciò velocemente Hayley, prima di aggiungere: «Ti direi di venire da me, ma so che sei in detenzione anche oggi. Per cosa poi?»

«Sono entrata di nuovo in ritardo a letteratura! La sveglia del telefono a volte non suona» spiegò con aria disperata.

«Presumo che incontrerai di nuovo Luke, lui è sempre lì.»

Hayley annuì mesta.

«Ti dico solo una cosa: sta' attenta. Non farti mettere i piedi in testa.» Il tono di Ryan era serio, come se volesse avvertirla di qualcosa. Le fece un cenno con la mano per salutarla, e si allontanò.

La 'detenzione' trascorse velocemente. Quel pomeriggio l'aula era quasi completamente piena, oltre a Luke e ad Hayley c'erano altri dieci studenti e lo stesso professore dei giorni precedenti. Hayley si era seduta al solito posto, in fondo, e Luke ovviamente si era sistemato di fianco a lei.

Al suono della campanella i ragazzi in punizione si catapultarono fuori; nei corridoi rimasero solo Luke e Hayley. Lei si chiuse il giaccone e fece per avviarsi all'uscita.

«Facciamo un pezzo di strada insieme» disse Luke, e con due passi raggiunse Hayley che nel frattempo si era girata a guardarlo.

Lei si infastidì per il fatto che non glielo avesse chiesto ma non disse niente, non aveva voglia di discutere.

«Come mai anche oggi in detenzione?» domandò lui. Diede una spinta al maniglione antipanico e il vento freddo della sera li investì in pieno.

Mentre attraversavano il cortile, Hayley si strinse nel giaccone per ripararsi dai fiocchi di neve che stavano cadendo a raffica dal cielo bianco. «Stamattina sono arrivata di nuovo in ritardo. Tutta colpa della sveglia che a volte non va» spiegò a bassa voce. Osservava Luke con stupore: mentre lei era coperta fino alla testa lui indossava solo una giacchetta, senza guanti o sciarpa. Decise di non chiedergli il motivo della sua punizione, e forse non voleva saperlo davvero.

Camminarono in silenzio per qualche minuto finché Luke si fermò di colpo. Abitava così vicino alla scuola?

«Io sono arrivato.»

Hayley strinse le spalle e si guardò intorno incuriosita.

«Hai il cappello fradicio» disse lui sfilandoglielo e scompigliandole i capelli chiari. «Entra un attimo, te ne do uno asciutto» propose passandosi la stoffa bagnata da una mano all'altra.

Hayley fissò la porta di legno davanti a sé, decorata con linee geometriche. Aveva anche i capelli bagnati perciò annuì.

Dall'esterno la casa di Luke era simile a tutte le altre abitazioni di quel quartiere: una villetta bianca, a due piani, circondata da un giardino. Sentì Luke trafficare con il mazzo di chiavi prima di riuscire ad aprire la porta. Anche all'interno la casa sembrava normalissima. In effetti non sapeva neanche lei perché fosse così stupita... Cosa si aspettava? Teste di cervi e cinghiali appesi alle porte?

Osservò l'ambiente intorno a sé e si sbottonò il giaccone per il troppo caldo.

Le pareti erano tappezzate di foto che ritraevano una famiglia numerosa, niente cervi. Dopo aver lanciato lo zaino in un angolo, Luke si tolse la giacchetta leggera e la appese sull'attaccapanni all'ingresso.

«Sei bella.»

Hayley si voltò verso quella voce infantile. Una bambina dai lunghi capelli castani la guardava con due enormi occhi azzurri. Si teneva al corrimano di legno della scala che portava al piano superiore mentre nell'altra mano stringeva forte un coniglio grigio.

Era davvero tenera. Fece dei piccoli passi e i suoi piedini nudi risuonarono sul pavimento di legno. Si avvicinò alla gamba di Luke e si aggrappò alla stoffa pesante dei suoi jeans.

Il ragazzo non si girò neanche a guardarla, continuò a camminare per l'ingresso, probabilmente alla ricerca di un cappello asciutto.

Hayley osservava senza dire niente. Posò di nuovo lo sguardo sulla bambina. Aveva i capelli leggermente più scuri di quelli di Luke, era ancora attaccata alla sua gamba e si divertiva a lasciarsi trascinare da lui.

Dopo poco la bambina si staccò e cadde per terra. Luke alzò gli occhi al cielo abbozzando un sorriso divertito.

«Come ti chiami?» chiese a voce bassa la bambina. Era ancora stesa a terra e stava guardando verso di lei.

«Hayley» rispose, rossa in faccia. Si vergognava di una bambina?

Quest'ultima annuì soddisfatta.

«Zora, dov'è Mavis? Dille di venire qui» la richiamò Luke.

Zora annuì agitando il peluche che teneva in mano, si alzò in uno scatto e corse verso quello che doveva essere il salotto.

Hayley sollevò lo sguardo quando si sentì toccare un braccio.

«Scusala è solo... curiosa» spiegò Luke. «Sono molto fastidiose quando vogliono.»

«Tranquillo» sussurrò lei a disagio. Avrebbe voluto prendere il cappello e andare via da quella casa, anche se, doveva ammetterlo, era un ambiente accogliente, e inoltre era strano ritrovarsi nel quotidiano di Luke.

I suoi pensieri furono interrotti dal ticchettio di due paia di piedini.

Zora teneva per mano una bambina quasi identica a lei. Non aveva più il peluche e sorrideva con i pochi denti che aveva.

I capelli di Mavis erano leggermente più lunghi e più chiari.

Le due bambine si guardarono annuendo, si misero goffamente una mano davanti alla bocca per non ridere.

Luke si avvicinò loro e le indicò.

«Loro sono Zora e Mavis, le gemelle» le presentò.

Le bambine agitarono le mani avvicinandosi ad Hayley.

«La mamma arriva tra poco, è andata a fare la spesa proprio adesso, visto che stavi arrivando» disse Mavis.

Il ragazzo annuì e disse alle bambine di andare a giocare in camera loro. Zora e Mavis corsero al piano superiore, spingendosi e urlando. Alcuni dei loro giochi erano sparsi sugli scalini.

Finalmente Luke si girò verso di lei e le porse un cappellino scuro che aveva trovato poco prima sull'attaccapanni.

«Grazie mille, ma non dovevi» disse Hayley, si infilò il cappello di lana di Luke e mise in tasca quello bagnato. «Te lo riporterò.»

«Non mi serve quello stupido cappello, puoi anche tenerlo.» Il suo tono di voce era tranquillo, sembrava rilassato mentre l'imbarazzo di Hayley stava salendo alle stelle.

Ancora non ci credeva di essere entrata a casa di Luke e di aver conosciuto le sue sorelline; si assomigliavano tutti e tre così tanto.

Lui la accompagnò fuori, lasciando socchiusa la porta alle sue spalle. Fecero qualche passo, poi Hayley si fermò, esattamente a metà del giardino. «Grazie ancora,» parlò velocemente «comunque te lo riporterò.»

Luke strinse le spalle per il freddo, era uscito senza giacca. «Hayley, è solo un cappello.»

Rimasero in silenzio per qualche secondo, c'era una strana tensione nell'aria. Nonostante fossero all'aperto, Hayley sentiva ancora un fuoco alle guance e al petto. Di tanto in tanto i loro sguardi si incrociavano, senza soffermarsi troppo l'uno sull'altro.

«Be', anche se è solo un cappello, e per te non ha alcuna importanza, è comunque tuo ed è giusto che te lo restituisca...» Hayley cercava di parlare il più possibile per non pensare e perché Luke restava in silenzio e lei non sapeva cosa fare. «Lo lavo e te lo riporto, al massimo...»

Ma non riuscì a finire la frase, Luke con una falcata le andò accanto e rimase lì, fermo, a qualche centimetro dal suo viso, gli occhi fissi nei suoi.

«Te l'ho detto che parli troppo?»

10

BREATHLESS

La sera gli oscurava parte del viso magro, il buio stava calando in fretta e creava ombre tra gli alberi che circondavano la casa.

Hayley restò senza fiato.

Luke la osservò, a un tratto sulle sue labbra si dipinse un sorriso beffardo. «Sì, mi sembra di avertelo già detto.»

Hayley abbassò la testa e notò le sue scarpe e l'orlo dei jeans bagnati dalla neve. Quando però lo sentì muoversi riportò subito lo sguardo sul suo viso. Sembrava calmo, non l'aveva mai visto così e voleva godersi quella visione.

Sapeva che era lui ad avere il controllo di quella strana situazione, mentre lei poteva solo rintanarsi nell'agitazione e nell'imbarazzo.

«Lo trovo molto maleducato da dire.» Dopo aver sussurrato quella frase, vide Luke sorridere. Osservò la fossetta che gli si era formata sulla guancia destra, producendo un'ombra scura sulla sua pelle lattea.

Il cuore della ragazza perse un battito quando lui si avvicinò. Poteva sentirne il respiro caldo contro il suo viso. Il rossore che la assalì tradiva spudoratamente la sua ingenuità.

Luke portò una mano sulla sua guancia e la accarezzò. Hayley sussultò confusa, non lo credeva capace di un gesto così delicato. Chiuse gli occhi e quando sentì le labbra pesanti li spalancò. Luke era davanti a lei e la stava baciando. Adesso era lui ad avere gli occhi chiusi, mentre i suoi erano più aperti che mai.

Hayley mosse appena le labbra, in un gesto involontario, e lui la strinse a sé, inclinando la testa di lato per premere di più le labbra contro le sue.

Fu invasa da un tepore intenso. A un tratto le sembrò che non fosse più gennaio, ma un caldo e torrido agosto.

Dopo quel breve contatto tra le loro labbra, Luke si distanziò giusto il necessario per riuscire a parlare.

Ma non lo fece, la guardò solamente, senza dire una parola.

Lei era sopraffatta dal suo corpo e dall'odore di pino della sua pelle. Non le dava fastidio, anzi, le piaceva. Rimase in silenzio, riusciva solo a guardare i suoi occhi, diventati liquidi come acciaio sciolto. Si perse in quell'azzurro che la sera poteva solo risparmiare, lasciandolo brillare nonostante il buio.

Ciò che la sorprese di più, oltre al bacio, fu la tranquillità con cui Luke si staccò da lei.

Le girò le spalle, si allontanò e le rivolse un ultimo sorriso, per poi entrare in casa e lasciarla al freddo.

«Cohen!»

Hayley alzò la testa dal quaderno a righe e guardò il professor David.

Dopo aver fatto il giro dei banchi, adesso aveva in mano solo un foglio.

«Complimenti» le disse porgendole la verifica. Tornò velocemente verso la cattedra mentre Hayley guardò il suo voto con stupore.

Sentì un commento poco carino da parte di Crystal ma subito una mano le si posò sulla spalla.

Ryan, seduta accanto a lei, le fece una smorfia. «Dammi ripetizioni, ti prego.»

Rise. «Ryan, è stata solo fortuna.»

Un secondo dopo si sentì punzecchiare il gomito. Sul banco, davanti a lei, c'era un foglio piegato a metà. Lo aprì e riconobbe la calligrafia panciuta e disordinata di Ryan.

'Dimmi cos'è successo a casa di Luke.'

Hayley arrossì di vergogna e si coprì il viso con una mano. Era passato solo un giorno e non era ancora riuscita a elaborare l'accaduto.

'Niente.'

Quando Ryan lesse ciò che Hayley aveva scritto, alzò un sopracciglio, incredula.

'Bugiarda' scarabocchiò e fece scivolare il foglio fino all'amica.

Hayley sospirò. Magari Ryan poteva aiutarla a capire il caos che occupava la sua mente dalla sera prima.

'Potrebbe avermi baciato, potrebbe...'

A quelle parole, Ryan fu sul punto di lasciarsi andare a un urlo liberatorio ma per fortuna si trattenne quando sentì il professor David dire: «Esatto, ragazzi! La bellezza è soggettiva, non oggettiva. Dovrete impararlo: ciò che piace alla signorina Cohen sarà diverso da ciò che piace a me.»

Ci fu una pausa. Hayley si girò verso di lui non capendo esattamente di cosa stesse parlando, troppo distratta dalla conversazione con Ryan.

«A lei, signorina Cohen, cosa piace?»

Hayley si guardò le unghie mangiate. Lei non era una persona che provava *piacere.* Anche se, ultimamente, dovette ammettere a sé stessa, qualcosa stava cambiando...

La sera prima, ad esempio, al contatto con le labbra di Luke, forse aveva provato piacere... ma non ne era sicura, e comunque non lo avrebbe mai condiviso con altri.

Appena aprì la bocca per parlare, il suono della campanella le perforò i timpani, facendole dimenticare tutto.

11

USE SOMEBODY

Caleb si tirò su il colletto della giacca di pelle e rabbrividì per l'improvviso calore che gli rilassò i muscoli del collo. Era seduto su una panchina di legno, e il suo sguardo vagava da una parte all'altra della strada.

Era notte fonda, a illuminare le strade c'erano solo dei lampioni troppo vecchi che diffondevano una luce flebile e livida.

«Che stai facendo, Lukey?» chiese Caleb, come se parlasse a sé stesso. Si passò una mano sul viso stanco. «Non credi sia troppo piccola per lo Yell?»

Luke alzò lo sguardo verso l'amico. «Parli tu? Sbaglio, o Ryan ha la sua stessa età?» Si alzò andando a un palmo dal viso di Caleb.

«Non la porterei allo Yell, infatti» gli rispose a voce alta.

«Be', avresti dovuto pensarci l'anno scorso... Allora non ti sei fatto tutti questi scrupoli.»

Caleb rimase in silenzio, era ancora seduto sulla panchina mentre Luke, in piedi, lo osservava dall'alto con un sorriso beffardo. Lo stava prendendo in giro, ma per lui non era divertente... Forse non se ne rendeva conto, ma per Caleb quei ricordi erano dolorosi. Abbassò gli occhi sulle sue scarpe scure. «Posso chiederti una cosa? Però rispondi sinceramente» sussurrò, in tono di sfida.

Luke annuì. Gli occhi scuri dell'amico dicevano tutto, anche

per una persona per niente empatica come lui, era impossibile non coglieri la rabbia e la preoccupazione che provava.
«Perché lei?» sputò a denti stretti.
Luke corrugò la fronte, non sicuro di aver capito. «In che senso?»
«Perché proprio Hayley? Sembra così... ingenua, e indifesa. Non è la ragazza adatta. La farai soffrire, non ti spiace neanche un po'?»
Con un movimento veloce, Luke afferrò il colletto della giacca di Caleb. Lo tirò verso di sé sollevandolo dalla panchina e facendolo scontrare contro il proprio petto.
In quei momenti era come un fulmine generato dallo scontro di nuvole nere, e nessuno poteva fermarlo. Luminoso, accecava Caleb con il suo riverbero.
Si guardarono negli occhi. Quelli scuri di Caleb si mutarono in azzurri, i capelli neri lasciarono spazio a una folta chioma bionda, le mani, prima forti, si posarono delicate sulle spalle di Luke: Hayley lo guardava piena di paura e la scena del pomeriggio prima, nel suo giardino, gli offuscò la mente.
Luke chiuse gli occhi e li riaprì velocemente, strinse più forte il colletto dell'amico.
«Lukey, lasciami! Che diavolo ti prende?»
Hayley sparì in una folata di vento. Luke lasciò di colpo la presa e vide Caleb indietreggiare con uno sguardo di fuoco. Era spaventato, il suo respiro affannato risuonava nel silenzio della notte.
I due ragazzi si guardarono in silenzio, poi Luke se ne andò.

Appoggiata a un albero del cortile, Ryan giocava con le punte chiare dei suoi capelli mentre si passava la lingua sui denti ricoperti di metallo.
Lì non c'era mai nessuno e poteva pensare senza essere distratta.
Pensava ad Hayley, e a quello che poteva succederle. A Luke, e a quello che poteva farle.
Lei c'era passata, sapeva cosa si provava a essere una *vittima*.
Luke era bravissimo a usare le persone, proprio come il ra-

gazzo che si stava avvicinando a lei. Lo vedeva da lontano, farsi sempre più vicino. Era stato lui a chiederle di vedersi durante l'intervallo.

Ryan chiuse gli occhi e istintivamente si toccò la spalla. «Cosa vuoi?» sputò tenendo ancora le palpebre serrate. Vederlo le avrebbe trafitto lo stomaco.

«Mi devi aiutare.»

Aprì gli occhi. Eccola, la lama puntata su di lei la trafisse senza pietà, lasciandola sanguinante sul prato verde.

Si guardarono per qualche secondo, due paia di pozze di petrolio che si fondevano creando un nero ancora più profondo.

Ryan si raddrizzò. «Va' al diavolo!» Si staccò dal tronco e fece per andarsene.

Caleb la prese per un polso e la trascinò contro di sé. La strinse forte, lei gemette.

«Ascoltami, Ryan» sussurrò a denti stretti.

«Perché dovrei?»

Caleb chiuse gli occhi. «Si tratta di Hayley» disse in un soffio.

Ryan si agitò. «Cosa le avete fatto?!» Iniziò a colpirgli il petto con violenza finché lui non le bloccò anche l'altro polso.

«Non le abbiamo fatto niente, calmati.» Caleb la strinse ancora, voleva essere ascoltato. «Lo so che non ti fidi di me, lo capisco, ma non voglio che ad Hayley succeda qualcosa.»

Ryan chiuse gli occhi, non poteva sopportarlo.

Quel ragazzo le stava troppo vicino, non era più abituata a quel contatto.

Una fitta alla spalla le fece stringere i denti, non era un male reale. Lo sapeva che era solo nella sua mente.

Ormai era un ricordo.

Quel tipo di ricordo che quando riaffiora ti immobilizza il corpo, e non puoi fare altro che guardarlo, senza opporti...

«Cal!»

Ryan lo guardava mentre tirava un calcio alla pattumiera verde metallo che era posta sul ciglio della strada.

Era arrabbiato.

Ryan si asciugò la guancia umida prima di cercare di fermare il ragazzo.

«Ho perso, Ryan!»

Il ragazzo si girò verso di lei prendendola per gli avambracci, gli occhi scuri erano contornati da un alone rosso.

Aveva affogato la sconfitta nell'alcol. Perché si era ridotto così? Ryan continuava a chiederselo mentre lo guardava perdere la testa per una stupida gara.

La strinse con rabbia. «Se ho perso è colpa tua» sussurrò con voce roca.

Lei scosse la testa. «No, io... io non ho fatto niente... E comunque non siamo arrivati ultimi» si ribellò.

«Merda! Stai zitta!» urlò, continuando a passarsi le mani sulla faccia. Era sudato, barcollava. Ciononostante la portò di peso sulla sella della moto.

Ryan continuava a non capire e a respingere disperatamente le sue accuse senza senso. Osservò il ragazzo prendere una sigaretta dalla tasca della giacca nera e accenderla.

Era spaventata, conosceva Caleb da molto tempo ma non lo aveva mai visto così. Arrabbiato, deluso...

Seduta sul sellino posteriore di quella maledetta moto avevano girato per le strade di Baltimora così tante volte... Pensava fosse meraviglioso stare con un ragazzo più grande... Solo adesso capiva di cosa la gente parlava, ora sapeva che le voci che giravano erano vere.

Era vero che quando Caleb si arrabbiava i suoi occhi diventavano bui come la notte, era vero che quando voleva qualcosa se lo prendeva senza chiedere.

La sua voce roca la distrasse: «Volevo davvero vincere lo Yell quest'anno.»

Lo vide avvicinarsi con la sigaretta accesa, il fumo contro il viso la fece tossire. Cercò di scomparire schiacciandosi contro il sedile di pelle.

Il respiro del ragazzo le solleticava il collo.

Urlò quando la punta rovente della sigaretta fu premuta con forza contro la sua spalla scoperta.

Le dita di Caleb le fasciarono le labbra mentre premeva più forte.

Quando le dita diventarono umide e gli occhi della ragazza bagnati, si staccò di colpo.

La sigaretta cadde a terra, lentamente, quasi come a sfidare il tempo.

Guardando le lacrime sgorgare dai suoi occhi e il viso contratto in una smorfia di dolore, Caleb se ne pentì subito. Lui usava le persone e aveva usato Ryan... Ma in quel preciso momento decise che lei sarebbe stata l'ultima.

Ryan si liberò dalla stretta del ragazzo massaggiandosi la spalla.

«Dimmi.» Si arrese.

Caleb annuì sorpreso. «Luke vuole portare Hayley allo Yell.»

Hayley camminava più veloce che poteva, sperando di non arrivare troppo tardi alla prima lezione. Prese in mano il telefono e imprecò a bassa voce quando vide l'ora.

Anche quella mattina la sveglia non aveva suonato; era stata svegliata da un urlo di sua madre e, senza neanche guardarsi allo specchio, aveva indossato le prime cose trovate ed era uscita di casa in tutta fretta.

Mentre camminava rapida, cercando di non inciampare, il vento freddo le scompigliava i capelli. Teneva le braccia strette per cercare di coprirsi il petto.

Poco prima di arrivare a scuola, sul lato opposto della strada, vide una figura muoversi furtivamente tra gli alberi.

Si fermò di scatto, aveva il fiatone e i capelli arruffati. Incuriosita attraversò la strada e si fermò a qualche metro dall'albero dietro cui aveva visto nascondersi quella sagoma. A un tratto, qualcuno sbucò da dietro il tronco. Hayley sobbalzò portandosi una mano alla bocca per lo spavento. Era Luke. I capelli biondi schiacciati dal cappello, le labbra screpolate per il freddo e un sorriso appena accennato.

«Cosa ci fai lì?» gli domandò senza fiato. «Mi stavi seguendo?»

Luke si scrutò intorno e affiancò Hayley. Subito dopo si guardò il polso destro, leggendo l'ora. «Sei in ritardo» commentò, ignorando le sue domande.

«Sì, la sveglia di nuovo.» Iniziarono a camminare a passo veloce; Luke teneva le mani in tasca mentre Hayley faceva dondolare le braccia avanti e indietro. «Ma tu perché eri accovacciato dietro un albero? Mi stavi aspettando?»

«Sì» rispose secco.

Lei si girò appena per vedere la sua espressione: stava guardando dritto davanti a sé, come se tutta quella situazione fosse normale.

Hayley scosse la testa, non parlarono ma la sua mente viaggiò lontano. Ripensò a quando lui l'aveva sfiorata, a quando l'aveva accarezzata, alle centinaia di brividi che le avevano percorso la schiena.

A pochi metri dal cancello della Baltimora High School, Luke si fermò, salutò Hayley con un cenno della testa e fece per andarsene.

«Luke, oggi ti riporto il cappello a casa» disse lei.

Lui, che era già di spalle, fece solamente un altro cenno della testa per poi scomparire dietro le siepi.

12

LOSE YOUR MIND

Dopo la scuola, nel primo pomeriggio, Hayley era andata a casa di Luke solo per restituirgli il cappello, e non avrebbe saputo dire come fossero finiti stesi sul divano a baciarsi.

Era come se per incanto lei si fosse svegliata lì... Non riusciva a ricordare cosa fosse successo prima, come fossero arrivati fino a quel punto.

Con le mani appoggiate contro il suo petto, lo sentiva muoversi sotto le sue dita. Non sapeva cosa fare, quella situazione le sembrava così sbagliata, eppure troppo piacevole per fuggire via. Tutte le sue certezze stavano crollando come un castello di carte.

«Rilassati» sussurrò Luke.

Hayley si mordicchiò l'interno della guancia. Quell'intimità la metteva a disagio. Sapeva che avrebbe dovuto tenere le distanze da quel ragazzo, ma al tempo stesso, proprio come quando era piccola e disobbediva ai genitori per il solo gusto di farlo, una parte di lei desiderava fare la cosa sbagliata.

Il suo corpo si irrigidì quando il viso di Luke si fece più vicino al suo.

«Per sopravvivere con me devi fidarti.»

Ad Hayley venne la pelle d'oca. Lei aveva paura di lui, ma soprattutto aveva paura di sé stessa, delle nuove e forti emozioni che stava provando.

Luke lo percepì e abbozzò un sorriso: gli piaceva farle

quell'effetto. Chinò la testa, diminuendo la distanza tra loro e la vide chiudere gli occhi.

Hayley sembrava una bambina, e per alcuni versi lo era.

Fece ancora sfiorare le loro labbra, dolcemente. «Lo so che sei abituata a pensare, lo vedo, ma ti prego,» si fermò un secondo deglutendo e passando le mani sotto la maglietta di Hayley, accarezzandole la pancia «ti prego, adesso non farlo.»

Tutto quello che successe dopo si divise in attimi.

Attimi, momenti che probabilmente lui non avrebbe ricordato, e che Hayley, invece, impresse a fuoco nella propria mente.

Mentre fissava gli occhi chiari di Luke qualcosa le colpì lo stomaco, come un pugno di quelli che fanno male ma che non lasciano il segno. Ebbe paura, provò ad allontanarsi, voleva farlo, ma poi lui la baciò di nuovo e la mente di Hayley perse la sua battaglia.

Continuarono a baciarsi e a esplorarsi, in un gioco che durò l'intero pomeriggio. Finché non fu buio e giunse l'ora per Hayley di tornare a casa.

Luke l'accompagnò a casa in macchina.

Quando si fermò davanti a un cartello con la scritta nera DIESEL, contornata da un blu acceso, lei lo guardò confusa.

«Faccio solo benzina» le disse. Scese dalla macchina con una banconota da venti dollari in mano e si allontanò.

Hayley aprì la portiera e lasciò che il vento gelido le accarezzasse i capelli.

«Hai bisogno di una mano?»

Si girò verso il ragazzo alto e magro che le aveva parlato. Poteva avere al massimo venticinque anni, indossava un'uniforme rossa e stringeva tra le mani un berretto dello stesso colore. Aveva un volto aperto, sorridente.

«No, grazie.» Hayley ricambiò il sorriso.

«Sicura? Neanche a lui? Sembra avere un po' di problemi con la pompa» disse in tono ironico, indicando Luke che stava calciando il distributore.

Hayley rise e senza pensarci rispose: «È fatto così, credo.»

Il ragazzo annuì divertito; sembrava simpatico. «Axel» disse a un tratto.

Hayley scosse la testa non capendo. «Scusa?»

«Mi chiamo Axel» si corresse.

Lei lo guardò muoversi sul posto, passandosi da una mano all'altra il cappello rosso.

«Hayley.» Aprì di più la portiera, e lo osservò meglio, era davvero alto, forse tanto quanto Luke.

«Non sei di qui, vero?»

Hayley schiuse le labbra, nessuno se n'era mai accorto. Axel era un ragazzo che *osservava*, lo aveva capito subito. L'aveva osservata battere l'indice contro la portiera della Ford scura e guizzare gli occhi da un lato all'altro della piazzola, e da quei segnali doveva aver capito che era in ansia per qualcosa.

«Vengo dall'Inghilterra.»

«Io dall'Australia, non è proprio un posto vicino.»

Hayley rise ma quando vide Luke dietro le spalle di Axel si paralizzò, non si era neanche accorta della sua presenza prima di quel momento.

«Ci sono problemi?» Da quando avevano messo piede fuori casa, Luke era diventato un pezzo di ghiaccio.

«Certo che no» rispose Axel.

Per un istante i due si fissarono come se già si conoscessero, e la cosa confuse Hayley. Poi, senza dire una parola, Luke entrò in macchina, sbatté la portiera e accese il motore. Lei chiuse velocemente lo sportello e partirono.

Mentre si allontanavano, lei notò che Axel le faceva un cenno con la testa, come per salutarla.

Per tutto il tragitto verso casa di Hayley, Luke non disse una parola; era chiaramente irritato per qualche ragione che lei non comprendeva.

Quando giunsero a destinazione, spense il motore e ruppe quel silenzio inquietante. «Non mi piace vederti parlare con altri ragazzi.» Il suo tono era severo.

Hayley corrugò la fronte.

Luke si avvicinò a un palmo dal suo viso. «Non voglio che tu mi prenda in giro, Hay, capito?»

Premette con forza le labbra contro le sue per lasciarla subito dopo.

«Spero di essere stato chiaro.»

Lei annuì uscendo dalla macchina come un fulmine.

Un fulmine troppo debole e innocuo per scalfire Luke.

Hayley alzò la testa dalla scrivania quando sentì un tonfo sordo provenire dal suo letto.

«Evie, che vuoi?» chiese senza neanche voltarsi a guardarla.

«Calmati, sono solo venuta per parlare un po' con te. Capita così di rado...»

La sorella si alzò dal letto e si avvicinò alla scrivania. Si bloccò dietro la schiena di Hayley, che era di nuovo china sul libro di letteratura.

Hayley si sentì osservata, alzò la testa, incrociando lo sguardo di Evie. Quest'ultima si sistemò il maglione rosa che stava indossando prima di dire: «O forse sei tu che devi parlarmi.»

13

SILVER

Avvicinò le mani umide al viso. L'acqua fresca le diede un leggero sollievo. Chiuse gli occhi, e lo sguardo di Evie le ritornò in mente.

La sera prima aveva accuratamente eluso le sue domande, mostrandole dei vestiti nuovi che aveva appena comprato. Non voleva parlare di Luke con lei.

Prima o poi Evie lo avrebbe scoperto, era troppo brava in queste cose, riusciva a vedere dentro le persone senza sforzo. Era un dono, l'ennesimo talento che esaltava la sua perfezione.

«Hai finito? Sei lì dentro da dieci minuti!»

Hayley si avvicinò alla porta graffiata e piena di scritte senza senso, facendo scattare la serratura.

Una ragazza dai capelli ricci la guardava tenendosi le mani sulla pancia. «Finalmente! Ce l'hai fatta a uscire!» La sorpassò colpendole la spalla.

Tornò il silenzio. Hayley uscì dal bagno. Era la seconda ora, e nei corridoi non c'era nessuno.

«Hayley Cohen.»

Quando sentì pronunciare il proprio nome si girò.

Crystal la guardava dal fondo del corridoio. Era appoggiata con una spalla al metallo blu dell'armadietto e teneva le braccia conserte. Sul viso un sorrisino beffardo.

Hayley strinse le mani in due pugni e si avvicinò alla ragazza. Quest'ultima la guardò di sottecchi mentre si avvolgeva intorno a un dito una ciocca di capelli biondi perfettamente piastrati.

«Sai, davvero non capisco...» disse Crystal con finta innocenza.

Hayley corrugò la fronte. «Cosa?» chiese curiosa, ma anche un po' intimorita.

La ragazza si distanziò dagli armadietti e si accostò ad Hayley. La osservò da vicino scuotendo la testa con disapprovazione. «Non capisco cosa ci sia dentro la testa di Luke, davvero» commentò.

Hayley la guardava in silenzio, si sentiva messa a nudo, era stata scoperta. Chissà che voci giravano su lei e Luke.

«Non capisco perché, fra tutte, lui abbia scelto te.»

Hayley la spinse per farla allontanare, non le piaceva il fatto che fossero così vicine.

«Lui potrebbe avere il meglio, ma sta con te. Come mai?» Crystal la prese per le spalle e la spinse contro la fila di armadietti. Non era tanto più grossa di Hayley ma, in qualche modo, riusciva a spostarla come fosse una bambola. «O forse, semplicemente, gli fai pena... Sì, dev'essere così.»

Hayley alzò la testa e la fissò con aria di sfida. «Vallo a chiedere a lui,» sussurrò dandole una spinta per allontanarla «perché io non lo so.»

Ed era la pura verità.

Si portò le mani davanti alla bocca cercando di non ridere mentre Ryan imitava un loro compagno del corso di psicologia.

«Ed è pe*v* questo che F*v*eud spe*v*imenta le associazioni libe*v*e.»

Hayley rise più forte scansando di lato il vassoio pieno di cibo.

Lì poteva ridere e nessuno la sentiva, la mensa era così affollata che nessuno si accorgeva di lei. Le piaceva non essere al centro dell'attenzione, non essere guardata, essere anonima.

Ryan tornò seria, Hayley la guardò stranita quando notò che stava osservando un punto dietro le sue spalle.

Due dita le sfiorarono la schiena.

Si girò di colpo, tenne la testa alta per guardare in faccia il ragazzo dietro di lei.

«Ciao.»

Hayley era confusa, quel tipo lo aveva già visto per i corridoi. Lo osservò mentre si sistemava la felpa della squadra di football della scuola.

«Ciao.»

Il ragazzo scosse la testa per ravviarsi i ricci ribelli che gli ricadevano davanti agli occhi e si mise a sedere di fianco ad Hayley.

Ryan osservava la scena immobile.

«Sono James, ti spiace se sto qui?»

Hayley gli sorrise e fece cenno di no col capo.

«Bene. Sai, domani c'è una partita qui a scuola, e mi piacerebbe se venissi con me. Allora? Che ne pensi?»

Non aveva uno sguardo malizioso, sembrava un ragazzo gentile.

Hayley si guardò intorno, avrebbe voluto trovare le parole da dire scritte da qualche parte, sul viso di qualche persona, ma niente. Intorno a lei c'era solo una grande confusione, finché lo vide... dall'altra parte della mensa, che la fissava.

I loro sguardi erano interrotti dai corpi che attraversavano lo spazio che li separava, tra risate, battute, sorrisi.

Luke la guardava impassibile, si concentrò su di lei, poi spostò lo sguardo sul ragazzo dai capelli neri che le stava sfiorando un braccio.

Anche da metri di distanza, Hayley poteva sentire la sua tensione. Seguì il corpo longilineo di Luke muoversi nella sala fino a scomparire oltre la porta della mensa.

Fece un sospiro di sollievo.

«Allora? Ci divertiremo.»

James le sorrideva mentre le passava l'indice sulla spalla bianca.

«Non... non penso sia una buona idea» rispose lei con un filo di voce, abbassando gli occhi sul vassoio.

James annuì, si alzò e si chinò per sussurrarle all'orecchio: «Sarà per la prossima volta, Hayley.»

Lei rimase in silenzio e, solo dopo che James si fu allontanato, arrossì. A scoppio ritardato, come una macchina rotta, non funzionante. Proprio come Luke, che passava dalla prima alla quinta in un attimo, spiazzandola.

Ryan scosse la testa e, dopo neanche cinque minuti, vide Caleb avvicinarsi al loro tavolo. «Oh-oh, abbiamo un problema» commentò, guardando l'amica di sottecchi.

Quando le raggiunse, posò le mani sul piano del tavolo e si chinò verso Hayley. Sembrava preoccupato.

«Hayley, devi aiutarmi» disse Caleb velocemente, mangiandosi le parole.

Hayley si alzò e Ryan fece lo stesso.

Lui la prese per un braccio e la trascinò fino al cortile della scuola.

Un capannello di persone si era riunito in mezzo al giardino. Urla di incoraggiamento e risate riempivano l'aria, diventata tutto d'un tratto pesante.

«Luke ha perso il controllo» disse Caleb, incamminandosi verso la folla, le due ragazze lo seguirono senza esitare.

«Perché non l'hai fermato?» Hayley quasi urlò.

«Non posso, non mi ascolta» rispose lui a denti stretti.

Caleb si inoltrò nel gruppo che urlava, facendosi largo per cercare di passare. Lei lo seguì. A un tratto un ragazzo nella mischia la spinse e la fece cadere in avanti. Si ritrovò al centro del cerchio dove Luke stava stringendo James per il colletto mentre gli sferrava un pugno sullo zigomo. La felpa da football del ragazzo era tutta sgualcita e strappata in più punti. Luke era fuori di sé, continuava a colpirlo con gli occhi pieni di rabbia.

«Basta!» urlò Hayley alzandosi in piedi. «Lascialo stare!»

Nessuno si accorse della sua voce.

Il viso di James era distrutto, una maschera di dolore sanguinante e ricoperta di lividi.

Hayley camminò verso i due ragazzi, decisa. Quando fu abbastanza vicina si aggrappò alla schiena di Luke.

«Basta, Luke, ti prego, fermati!» ripeté, sperando che lui la sentisse.

Senza neanche accorgersene aveva cominciato a piangere. Lei era fatta così, la paura si trasformava in vomito e la rabbia in lacrime.

«Luke! Ti prego!»

Lo tirò per la spalla facendolo girare finalmente verso di lei. I suoi occhi azzurri erano scuri come la notte. A un angolo delle labbra, vicino al piercing nero, aveva un taglio. Hayley glielo sfiorò con l'indice, sporcandosi di sangue. Lui strizzò le palpebre e la spinse di lato per tornare a concentrarsi su James.

Hayley scosse la testa, adesso anche lei era fuori di sé. Lo tirò ancora una volta per le spalle allontanandolo da James e gli si parò davanti, premendogli le mani sul petto. «Ascoltami, Luke, hai perso la testa! Andiamo via!»

Lui la guardò furioso, la afferrò per un braccio e la trascinò con sé accanto a James.

«Avvicinati ancora a lei, Levis, e ti rovino» sputò Luke in una minaccia piena di odio.

James, steso a terra, si girò su un lato e sputò un po' di sangue sull'erba. Non disse niente, teneva gli occhi chiusi.

Hayley quasi non riconosceva il suo viso sporco di sangue.

I presenti li guardavano in silenzio, lo spettacolo era finito e il sipario si stava chiudendo.

Quando furono abbastanza distanti dal capannello di curiosi che ormai si stava sciogliendo, Luke si fermò, appoggiò i gomiti su un muretto e respirò pesantemente. Caleb e Ryan li osservavano da lontano.

Hayley si guardò intorno e realizzò quanto era appena successo. Non sarebbero rientrati, lei avrebbe perso le ultime lezioni. Fece un respiro profondo. Ma quello che la preoccupava di più erano le persone che avevano assistito alla scena e che adesso sapevano di lei e Luke. Tutti avrebbero pensato che lei gli apparteneva, che era una sua proprietà. Si passò il dorso della mano sulle guance bagnate di lacrime.

«Lui non ti ha fatto niente» disse con voce dura. Si avvicinò a Luke, che nel frattempo si era girato verso di lei, e iniziò a colpirgli il petto con i pugni. «Lui non ti ha fatto niente!» urlò ancora, esausta.

Il ragazzo le prese i polsi, capovolse la situazione portandola contro il muretto.

«Lui ti piace?» domandò.

Hayley scosse la testa. «Ma cosa stai dicendo?» chiese sconvolta. «Tu sei pazzo, neanche lo conosco.»

Luke fece scendere le mani lungo i suoi fianchi magri fino ad arrivare alle cosce, le prese in una stretta di ferro e la fece sedere sul muretto, accanto a sé.

«Lui bacia meglio di me?»

Iniziò a baciarla. Hayley affondò le mani nei suoi capelli umidi per lo sforzo della lotta e ricambiò il bacio. Le piaceva baciarlo, non poteva negarlo, e a lui piaceva baciare lei.

Luke era tutto, un uragano, un fulmine.

Per le altre persone, il *pericolo*.

Per Hayley... lei non lo sapeva ancora cos'era. Si ripromise che ci avrebbe pensato.

Continuarono a baciarsi.

«*Lui* bacia meglio?»

«Non l'ho baciato» sussurrò Hayley ansimante.

Le loro labbra si incontrarono ancora.

«Ma lo vorresti?» la provocò Luke, tra un bacio e l'altro.

La ragazza lo strinse più forte. «No.»

«E cosa vorresti?» chiese lui posando le mani sulle mascelle di Hayley.

«Baciare te.» Era riuscita a farlo calmare, a farlo tornare lucido.

Luke pose fine al contatto delle loro bocche per guardarla. Lei aveva gli occhi chiusi ma poteva vederlo sorridere. Sorrideva di rado, ma quando lo faceva era bellissimo.

Prima che Hayley potesse bearsi di quella vista, le labbra di Luke furono di nuovo sopra le sue.

Come doveva essere.

Un bacio forte, di quelli che Hayley aspettava.

Sentiva la rabbia di Luke verso James attraversargli il corpo.

Hayley posò le mani sulle spalle di ferro di Luke.

Lui era metallo puro, freddo sia d'inverno che d'estate.

Si dilatava con il calore della rabbia, senza sentimenti.

La cosa più spaventosa era che Hayley non era mai stata così attratta da lui come in quel momento.

14

RED NECK

Non vedeva il fondo, quel mare per lei era troppo alto, troppo salato, troppo scuro.

La stava facendo affogare lentamente ma, nonostante questo, non voleva essere salvata.

Voleva farsi trasportare da quella corrente fino a quando non l'avrebbe inghiottita dentro di sé, rassicurandola, togliendole la vita lentamente.

Lei che odiava l'acqua, la temeva, adesso ci sarebbe stata in eterno.

Quel mare asciutto, che si era distaccato da lei lasciandola al freddo, le mancava.

Sapeva che non era un sentimento *normale* ma malato.

Quel mare la stava ancora guardando, aveva labbra di schiuma bianca, così soffici che quando le sfioravi semplicemente scomparivano, sciogliendosi.

Le labbra fredde si schiusero. Il mare si prosciugò, lasciando una spiaggia con un disegno azteco: un divano troppo grande e bambole sparse sul pavimento. «Stasera ti porto in un locale.»

Luke stava giocando con una ciocca dei suoi capelli biondi che avvolgeva in cerchi concentrici intorno all'indice.

Hayley lo guardò confusa ma si limitò ad annuire, non aveva forza per ribellarsi. Di James non avevano più parlato, e forse era meglio così. Non voleva che si arrabbiasse di nuovo.

Anche quel pomeriggio era andata da lui senza un motivo preciso. Alla madre aveva detto che sarebbe andata a studiare da Ryan.

«Dove sono?» chiese Hayley indicando con il mento una Barbie stesa sul pavimento, riferendosi alle gemelle.

«Da mio padre, tornano domani. Stasera mia madre rientrerà tardi.»

Le mani di Luke si posarono delicatamente sulle sue spalle facendola stendere sulle proprie gambe.

Lei lo guardò dal basso mentre le accarezzava i capelli. «Perché tu non sei andato?» domandò curiosa.

«Io e mio padre non la pensiamo allo stesso modo, diciamo» rispose neutro.

Hayley sapeva che era una cartella dolente nella memoria di Luke. Gli andò più vicino, sfiorando con la punta del naso l'orlo della felpa verde che aveva indossato appena entrato in casa.

Stare lì, da sola con lui, le piaceva anche se un po' la spaventava, ma doveva *abituarsi* a certe cose. Doveva abituarsi ad assecondare Luke, solo così non avrebbe rischiato. Non voleva finire come James. O derisa da tutta la scuola.

Si alzò lentamente dalle gambe del ragazzo, che gemette in disapprovazione, e si avvicinò al camino.

Sopra c'erano tante foto. Sorrise quando vide Luke da bambino con una macchinina rossa tra le mani. Era seduto su un tappeto colorato, aveva un sorriso sdentato e lunghi capelli biondi che gli coprivano gli occhi chiari.

Era felice, come lei non lo aveva mai visto, rifletté Hayley, che nel frattempo aveva posato lo sguardo su una piccola cornice argento.

In quell'immagine un Luke non più bambino stringeva tra le braccia le gemelline. Lui, Zara e Mavis si assomigliavano tantissimo, avevano gli stessi occhi e gli stessi capelli. Sorrise tra sé, avvicinandosi all'ultima cornice sul caminetto. Questa era in legno e più grande delle altre.

La sfiorò con le dita osservandola. Racchiudeva la foto di un compleanno, probabilmente delle gemelline, come suggerivano le due torte sul tavolo. Una delle bambine era tra le braccia forti di Luke, sulla cui spalla un uomo, che doveva essere il padre, posava una mano. La madre, accanto a lui, sorrideva ed era chinata verso il tavolo. L'altra gemellina, invece, era in braccio a un ragazzo. Hayley si soffermò su di lui, assomigliava moltissimo a Luke se non fosse stato per gli occhi color smeraldo. In quell'immagine erano tutti allegri. Chiuse gli occhi e le parve di sentire le voci, le risate di quella festa, le canzoni intonate dai bambini presenti.

Hayley era così, una spugna. Assorbiva le emozioni della gente. Incapace di produrne delle proprie, rubava quelle degli altri.

Riaprì gli occhi. «Lui chi è?» chiese presa da una sana curiosità.

Luke, che era stato a osservarla in silenzio, si alzò spingendo le braccia contro le cosce. Quando fu abbastanza vicino per vedere la fotografia scosse la testa.

Hayley indicò il ragazzo sconosciuto che teneva in braccio una delle due gemelle.

«Nessuno» rispose Luke in tono apatico.

Hayley prese la foto tra le mani indicandogli ancora il ragazzo all'angolo.

«Lui» chiarì, pensando che Luke non avesse capito.

«Ti ho detto che non è nessuno.» Il suo tono era secco.

«Ma tiene in braccio la gemel...»

«Basta, non è nessuno» la interruppe.

Le prese la foto dalle mani riposandola sopra il caminetto. Le diede subito le spalle.

Hayley sorrise, forse aveva trovato un punto debole.

«Ry, vai ad aprire!»

Ryan sbuffò, mandando silenziosamente a quel paese sua madre, ma strisciò i piedi giù per la rampa di scale per fare ciò che le aveva detto. Quando davanti a sé si ritrovò Caleb, quasi urlò dallo stupore.

Si chiuse la porta alle spalle, per essere al sicuro dalle orecchie indiscrete di sua madre.

«Ancora tu? Cosa ci fai *qui*?» sbottò, incrociando le braccia al petto.

Caleb tese una mano verso di lei. «Vieni a fare un giro» le disse, con voce tranquilla.

Ryan indietreggiò, titubante. «Perché? Caleb, se questo è uno dei tuoi fottuti giochi, ti giuro che...»

«Non lo è» disse solo, tendendo di più la mano.

Lei scosse la testa.

Caleb l'afferrò per una spalla e l'attirò a sé. «È troppo chiedere di essere perdonato?»

I loro occhi si incontrarono. Ryan rimase in silenzio per qualche istante, poi si girò verso la porta per controllare che fosse chiusa. Non sapeva cosa dire, cosa pensare. Appena vedeva Caleb, il suo corpo si rilassava, involontariamente, ma allo stesso tempo le faceva ricordare tutte le cose brutte che avrebbe voluto dimenticare.

«Okay» rispose.

A sbagliare era sempre stata la più brava.

Hayley uscì di casa e camminò a passo sicuro stringendo in un pugno l'orlo della gonna.

Luke l'aspettava appoggiato a una moto nera, gli occhi trasparenti fissi su di lei. Hayley distolse lo sguardo per nascondere il rossore sulle guance, poi lo sentì ridere e sollevò la testa. «Che c'è?» chiese acida.

Lui si raddrizzò e le andò incontro. «È solo che...» le accarezzò il viso «sei bellissima.»

«E tu bipolare» rispose lei avvicinandosi alla moto e dandogli le spalle. Sentiva le guance andarle a fuoco.

«Può essere» borbottò Luke ridacchiando. Le si avvicinò con un casco nero in mano e glielo mise in testa. Hayley lo scostò e provò ad allacciarselo da sola; dopo aver imprecato un paio di volte, due mani si posarono sulle sue, aiutandola a unire le fibbie.

«Grazie» sussurrò a disagio.

Durante il tragitto rimasero in silenzio. Poi Luke parcheggiò la moto di fronte a un locale. Sopra una grande porta di legno troneggiava un'insegna composta da mille lucine rosse: RED NECK.

Hayley sussultò quando la mano di Luke strinse forte la sua. Lui le sorrise e la guidò verso l'ingresso del locale. I suoni, prima ovattati, si fecero assordanti non appena aprì la porta.

Luke si girò verso Hayley, le passò un documento falso e la guardò con aria maliziosa e divertita. «Benvenuta al Red Neck.»

15

ICEBERG

I suoni le giungevano ovattati nonostante il poco alcol che aveva bevuto. I corpi accaldati e sudati di persone che non conosceva erano su di lei. Stavano tutti accalcati gli uni sugli altri, sembravano fratelli. Si sorreggevano a vicenda mentre cercavano di muoversi al ritmo di quella musica che le faceva tremare lo stomaco e il petto.

Le luci stroboscopiche le davano fastidio; chiuse gli occhi alzando le braccia verso il soffitto nero. Quando sentì una presa forte sui fianchi li riaprì e appoggiò le mani sul petto del ragazzo davanti a lei.

Dallo sguardo perso di Luke, si capiva che quella sera aveva dato fondo a un po' troppi bicchieri.

Hayley tirò la testa all'indietro, e i capelli di Luke le solleticarono la mascella, mentre le sue labbra umide le risalivano il collo fino a dietro l'orecchio, lasciandole piccoli, languidi baci. Luke le sfiorò con il naso l'orecchino di perle, prima di raggiungere la sua bocca.

Erano viso contro viso ma non si toccavano, lui le stava davanti sfiorandole le labbra. Non aveva fretta, sapeva che era lì per lui. Fece incontrare le loro bocche per un secondo e subito si allontanò. Stava giocando con lei, la stava stuzzicando per puro divertimento.

«Sei così bella stasera» sussurrò.

La voce di Luke risvegliò Hayley. Lei non aveva bevuto tanto, ma abbastanza da perdere la testa. Mentre cercava di riflettere su questo, le mani del ragazzo scesero lentamente lungo i suoi fianchi fino ad arrivare all'orlo della gonna. Luke lo alzò di poco, sorridendo prima di sfiorarle la pelle liscia delle gambe.

«Dovresti mettertela più spesso» commentò. Quando la sentì ridere, l'attirò di più a sé.

Dopo un po' Luke si distanziò leggermente dal corpo di Hayley.Per qualche secondo rimase serio, prendendosi del tempo per guardarla. La osservò muovere il bacino, le braccia, scuotere la testa e ridere.

Poi lo guardò anche lei, mentre la sua ultima risata si stava spegnendo, e si fermò. Si fece più vicina.

Hayley gli passò le mani sul petto e pensò che era bellissimo in quel momento.

Fu scossa da un brivido quando Luke avvicinò le labbra al suo lobo. «Non hai idea di quello che mi stai facendo» disse con voce bassa ma decisa, non sembrava confuso.

Lei lo guardava con gli occhi velati da quel poco di alcol che aveva ingerito, lui le sorrise, poi la prese per un polso tirandola via.

Quando uscirono, Hayley tossì per la troppa aria che l'aveva investita, e solo in quel momento si rese conto che erano tutti e due sudati.

Tenendola per mano, Luke la trascinò lungo il marciapiede. Hayley si fermò quando si accorse che stavano andando nella direzione sbagliata. «Luke, la moto è dall'altra parte della strada» fece notare.

Lui scosse la testa attirando Hayley a sé. Barcollarono tutti e due e risero forte.

«Non guido se devo riportare a casa anche te. Ho bevuto» biascicò. «Andiamo a piedi. La vengo a riprendere domani.»

Si incamminarono lungo il marciapiede. Per strada c'era un silenzio quasi assoluto e quando Hayley guardò l'orologio che fasciava il polso di Luke ne comprese la ragione: *1:40 a.m.*

Scosse la testa ridendo, anche se non era esattamente una situazione divertente, visto che aveva detto a sua madre che sarebbe tornata entro l'una.

Luke le cinse le spalle con il braccio e la portò con sé in mezzo alla strada. La prese per le mani e la fece girare in tondo.

«Basta, Luke! Sto male!» Il mondo vorticava veloce intorno a lei.

La fermò stringendola a sé e Hayley affondò la testa nell'incavo del suo collo, respirando il suo odore.

Ripresero a camminare e per un po' rimasero in silenzio, finché Luke urlò: «Ho voglia di cantare!» Le baciò la testa e chiuse gli occhi strusciando per qualche secondo il naso contro i capelli di Hayley; sapevano di miele.

«*Blame it on the goose, got you feeling loose. Blame it on Patron, got you in the zone. Blame it on the a-a-a-a-alcohol. Blame it on the a-a-a-a-alcohol.*»

La voce armoniosa di Luke risuonò per la via deserta, Hayley ne rimase incantata.

Non lo aveva mai visto così allegro, scherzoso, felice... Poi a un tratto Hayley si rabbuiò pensando che probabilmente senza l'alcol Luke non sarebbe stato così.

Lui la guardò in silenzio per alcuni secondi, prima di continuare a cantare a squarciagola. Farfugliò alcune parole, che probabilmente non ricordava, poi continuò: «*...but she don't wanna seem like she easy. I ain't saying what you wont do.*» Quindi la prese in braccio e le sussurrò: «*But you know we probably gonna do.*»

Lei fece una smorfia spingendolo indietro, lui ridacchiò leggermente e la strinse di nuovo a sé. «Canta per me» le sussurrò.

«Non sono capace» rispose lei timida.

Ripresero a camminare lungo le vie deserte di Baltimora, i lampioni illuminavano in cerchi gialli l'asfalto.

«Non mi importa» cercò di convincerla.

Hayley annuì, prese un bel respiro e intonò: «*I wanna be drunk when I wake up, on the right side of the wrong bed.*»

Luke la incitò a cantare ma lei scosse la testa divertita. Lui le andò vicino, recuperando i passi che li dividevano, iniziando a baciarla.

«Ti prego solo un'altra strofa, fa ridere il fatto che adesso che abbiamo bevuto stiamo cantando canzoni che parlano di alcol» osservò tra un bacio e l'altro. Lei annuì felice prima di stampargli un ultimo bacio sulle labbra.

Schiarì la voce.

«*And I'll be drunk again, I'll be drunk again, I'll be drunk again...*»

Hayley si sorprese quando vide il vialetto di casa sua, guardò Luke e allungò il passo verso la porta. Si fermò quando ci fu davanti e si voltò verso di lui. Si alzò in punta di piedi, aggrappandosi alle sue spalle, e gli sussurrò sulle labbra le ultime parole: «*To fell a little love.*»

Gli diede un bacio sulla guancia prima di chiudersi la porta alle spalle.

Mentre Luke ripensava alle ultime parole della canzone, che sembravano così vere per lui, la ragazza pensava a quanto lui l'avesse cambiata.

Il problema è che non sapeva se in meglio o in peggio.

«Che avevi detto a tua madre?» chiese Ryan interrompendo il suo racconto della serata trascorsa con Luke.

Hayley si sistemò meglio sulla sedia e aprì l'astuccio. «Che uscivo con te e che sarei tornata entro l'una. Sono tornata più tardi, ma dormiva già, per fortuna.»

Ryan le sorrise complice poi le diede una leggera gomitata quando vide il professore entrare in classe.

Dal pomeriggio della rissa tra Luke e James, tutti a scuola la guardavano in modo differente e le stavano alla larga, ma ciò che davvero Hayley non capiva era la gelosia di Crystal nei suoi confronti.

«Oggi vorrei introdurre un nuovo argomento: la mente.»

Gli alunni osservarono il professore prendere il gessetto bianco e fare uno strano disegno sulla lavagna. Una mano tra i banchi si alzò.

«Scusi, prof. È un iceberg?»

Lui annuì, aggiungendo una linea nella parte superiore del disegno.

«Sigmund Freud paragona la nostra mente a un iceberg. La parte conscia e vigile, ovvero quella fuori dall'acqua, corrisponde a 1/8 di tutto l'iceberg. Tutto il rimanente, la parte sotto l'acqua, corrisponde all'inconscio.»

Hayley poteva rimanere ore ad ascoltare.

«Dobbiamo sempre partire dal presupposto che la nostra mente ci difende, in ogni caso. Una delle tecniche di difesa utilizzate dalla nostra mente, in situazioni particolari, è la rimozione. Quando un pensiero viene spostato dalla parte conscia a quella inconscia» concluse il professore.

Hayley alzò la mano. Quell'argomento la incuriosiva molto, era affascinata dal modo in cui la mente lavorava per i fatti propri.

«I pensieri rimossi rimangono?»

Il professore annuì sorridente.

«Purtroppo per noi sì. Restano attivi, e questo permette loro di condizionare il nostro comportamento, indipendentemente dalla nostra volontà.»

L'uomo si passò una mano sul petto, coperto da un maglione leggero, prima di guardare la fila di ragazzini che aveva davanti.

«Signorina Cohen, potrebbe venire alla lavagna?»

Hayley si alzò e prese il gessetto dalle mani del professore; erano morbide e curate, doveva venire da una famiglia ricca per il modo in cui vestiva.

«Scriva nel posto giusto, su questo disegno, le parole: conscio, preconscio e inconscio.»

Hayley guardò l'iceberg e sulla punta scrisse 'conscio', quindi abbassò il braccio per scrivere 'inconscio' sul fondo.

La voce di Luke si fece spazio nella sua testa. Scosse le spalle posizionando il gesso sulla linea che divideva l'iceberg, l'acqua.

«*But you know we probably gonna do.*»

Arrossì a quel pensiero, immaginò le mani di Luke toglierle i vestiti prima di farla sua completamente.

Scrisse velocemente 'preconscio' prima di tornare al posto imbarazzata.

Il professore le fece i complimenti.

L'iceberg che si era gelato intorno a lei, si stava lentamente sciogliendo.

Quando le tremò la gamba ritornò al mondo reale, il professore stava ancora spiegando.

Hayley fece scivolare furtivamente una mano nella tasca dei suoi pantaloni prendendo il telefono.

Da: Luke 1:04 p.m.
Aspettami vicino al cancello quando esci, ti porto a casa.

Hayley alzò lo sguardo, sorridendo. Come faceva ad avere il suo numero?

«Hayley.» Luke le sorrideva, era sereno.

Lei gli tirò una pacca sul petto dopo aver fatto un cenno di saluto a Caleb, appoggiato al muretto.

Luke le passò il casco e l'aiutò a montare sul sellino.

A lui piaceva portarla in moto, sentirla avvinghiata al suo corpo gli dava una sensazione liberatoria. Poco dopo si fermò, notando di dover fare rifornimento.

Tolse il casco ad Hayley e quando la vide sorridere corrugò la fronte. L'aiutò a scendere tenendola per un fianco.

«Ciao Hayley!»

Il ragazzo moro davanti a loro le sorrideva cortese.

«Ciao Axel» salutò lei di rimando.

Lui rise e Luke strinse la presa sul fianco della ragazza.

16

KILL

Tutto era cominciato il giorno in cui sua madre gli aveva comprato degli yogurt all'albicocca invece dei soliti alla fragola. Quando li aveva visti, Axel aveva sbuffato con disappunto – lui odiava l'albicocca, e lei lo sapeva – ma non aveva dato troppo peso alla cosa.

Aveva iniziato a preoccuparsi di più quando, una settimana dopo, sua madre non era andata a prenderlo a scuola. Al tempo lui aveva solo quindici anni, e una madre non avrebbe dovuto dimenticare certe cose.

Poi fu un susseguirsi di eventi a catena. Nei giorni seguenti aveva dimenticato di andare a fare la spesa, di chiudere la porta di casa la notte, di stirare le camicie da lavoro del marito. Aveva anche iniziato a confondere i nomi delle tre figlie, e talvolta a sbagliare anche quello di Axel, finché una sera non si era dimenticata di spegnere il fornello della cucina dopo aver preparato la cena.

Axel quella volta era intervenuto in tempo, ma quando aveva visto il dottore uscire dalla camera di sua madre con gli occhi bassi, fissi sulla moquette che una volta veniva lavata e aspirata ogni settimana, non ce l'aveva fatta più.

Aveva guardato le sorelle aggrapparsi a lui come a una roccia, ma non voleva esserlo. Aveva fissato la maggiore con occhi cupi e lei si era staccata lentamente dal torace del fratello trascinando con sé quella di mezzo che era ancora piccola per capire certe cose.

Una stretta più forte alla gamba destra gli aveva fatto abbassare gli occhi verso la testolina riccia che non voleva lasciarlo. Le aveva passato una mano tra i capelli castani, più chiari dei suoi e molto più lunghi.

La piccola Noah aveva alzato il viso, non era colpa sua se assomigliava così meticolosamente alla madre.

«Axel.»

Quella voce tremante gli faceva pulsare la testa, non riusciva a sopportarlo. A quindici anni non era ancora pronto per quelle responsabilità.

«Axel, la mamma sta bene?»

Il ragazzo aveva abbassato lo sguardo e riflettuto sulle parole da dire. Semplicemente non ce n'erano. Aveva scosso la testa.

Dopo aver scansato la piccola Noah, si era avvicinato alla porta e, ignorando le urla della sorellina, se ne era andato, con la consapevolezza che lo avrebbero dimenticato come già la madre aveva fatto con lui.

Quello sguardo, che lo aveva tormentato per notti intere, adesso lo stava facendo affogare. In fondo agli occhi di Hayley, Axel colse la stessa disperazione di Noah. Questa volta, però, sarebbe andato fino in fondo, non avrebbe abbandonato anche quegli occhi.

«Diesel» gli ordinò Luke porgendogli venti dollari e riportando il braccio intorno alla vita di Hayley come a marcare una proprietà.

Hayley osservò Axel sistemarsi il colletto della polo rossa prima di avvicinarsi alla pompa. Poi i suoi occhi azzurri guizzarono immediatamente su Luke che, nel frattempo, l'aveva spinta verso la moto, facendola aderire con la schiena al sellino.

Cercò Axel con lo sguardo.

«Non guardarlo» le sibilò Luke all'orecchio.

«Non puoi impedirmelo» rispose lei sicura, spintonandolo per allontanarlo. Lui rise appena, avvicinandosi di nuovo. Lei voleva solo farlo arrabbiare.

I loro fianchi si sfioravano e Luke continuava a tenere le labbra vicino al suo orecchio. «Scommettiamo?» Le diede un leggero bacio all'angolo della bocca, ma quando rialzò lo sguardo tese la mascella. Hayley aveva gli occhi fissi sulla schiena di Axel che premeva i pulsanti per azionare il distributore.

«Smettila» ringhiò Luke. «Mi fai incazzare.»

«Posso guardare chi voglio.» Era nervosa quel giorno, e le piaceva provocarlo.

Luke si distanziò da lei quando Axel dovette inserire la pistola nel bocchettone del serbatoio. Si rese conto che Hayley non era spaventata. Lui l'aveva *cambiata*, aveva giocato con la sua innocenza trasformandola in rabbia e spavalderia.

Quando il suo telefono squillò, Luke si allontanò di qualche metro da lei e iniziò a parlare ad alta voce. Hayley capì che si trattava di Caleb.

«Tutto bene?» le chiese Axel appena Luke fu abbastanza lontano per non sentirli.

Hayley annuì osservando Luke che parlava al cellulare gesticolando nervosamente. Lui e Caleb stavano litigando? «A te come va?» chiese poi di rimando senza distogliere lo sguardo, temendo che Luke li beccasse a chiacchierare.

«Tutto okay.» Axel infilò l'erogatore nel distributore e si voltò verso Hayley. «Sei sicura che sia tutto a posto?»

La ragazza abbassò lo sguardo, incrociò le braccia al petto e scosse la testa. «Non lo so.»

Ryan fece leva sulle braccia per scendere dalla moto e perse l'equilibrio. Due mani forti la sostennero. Sorrise ma poi si guardò intorno e indietreggiò di qualche passo. Immagini di un anno prima riaffiorarono nella sua testa.

«Perché mi hai portato qua?» domandò a Caleb. I suoi occhi si spostavano veloci da una parte all'altra, quel posto non era cambiato, racchiudeva ancora dentro di sé la crudeltà che ricordava.

Senza rispondere, Caleb la prese per mano e camminarono così, mano nella mano, lungo la strada sterrata. Il sole stava tramontando e i campi di grano intorno a loro erano ghiacciati.

Quando arrivarono davanti al capannone, Ryan si aggrappò alla manica della camicia a righe del ragazzo. «Caleb, non è divertente.» Erano mesi che non vedeva quel posto ma le sembrava di esserci stata l'ultima volta solo qualche giorno prima.

Lui le passò una mano sulla schiena per tranquillizzarla. «Devo partecipare allo Yell, non posso lasciare andare Luke da solo. Per adesso non ha intenzione di ritirarsi.»

Lei abbassò lo sguardo. «Speravo che non fosse necessario» commentò.

Caleb le sorrise e fece scorrere verso destra la grande porta di alluminio. «Questo posto è sempre peggio» disse con malinconia.

Le finestre ai lati della struttura erano sporche, rovinate. Caleb pigiò l'interruttore facendo esplodere dei fari sparsi un po' dappertutto. Quel capannone era come le anime che lo abitavano ogni sera: freddo, abbandonato, degradato. Visto così, vuoto, era solo squallido nella sua banalità. Senza peccatori e demoni, quel posto non era niente.

«Lo so che vuoi chiedermelo, Caleb, ma non posso» disse Ryan guardandosi intorno.

Lui l'attirò a sé e la strinse tra le sue braccia. «A me piaceva correre con te.»

Mentre affondava il naso nei suoi capelli, la sentì scuotere la testa. Caleb non lo avrebbe mai ammesso, ma gli era mancato quel profumo.

«Non posso, non dopo quello che è successo» disse decisa.

«Non lo permetterò, non faccio più quelle cose... Da allora non ho più bevuto, non ho mai più perso la testa, te lo assicuro» provò a convincerla Caleb, stringendola di più. «Derek, te lo ricordi? Lui non ha più niente a che fare con lo Yell, non è più tra gli organizzatori. Ha cambiato città, quindi di lui non ti devi preoccupare. Oh, andiamo, potremmo anche divertirci.»

Ryan si distanziò a testa bassa. «Sai una cosa?» Sollevò lo sguardo e lo fissò minacciosa. Era sconcertante il modo in cui, quando erano insieme, riuscissero a cambiare umore così in fretta. Un minuto prima si stavano abbracciando e quello dopo erano pronti a mettersi le mani addosso. «Ho sbagliato a fidarmi di nuovo di *te.* Tu non sei cambiato per niente, Caleb. Stammi lontano!» Gli diede le spalle e fece per andarsene.

Lui serrò i denti, si sfiorò il petto con le dita. Si sentì vuoto in quel momento, tutto quello che lo riempiva si stava prosciugando a ogni passo che faceva Ryan lontano da lui.

Non voleva tornare *vuoto,* lo spaventava.

La paura spinge a superare i propri limiti, e così Caleb prese Ryan per un braccio e premette le labbra contro le sue.

Hayley si sedette sul letto dopo aver chiuso la porta. Era sola in casa. Evie era andata da una compagna di college e sua madre era uscita.

Un piccolo sbuffo le uscì dalle labbra schiuse.

Le sue gambe sprofondavano nel piumone color cielo mentre giocherellava con le maniche della felpa viola.

Era buio, e si pentì di non aver acceso le luci quando un leggero tonfo echeggiò nella stanza. Strizzò le palpebre. Non voleva alzare lo sguardo, sapeva che Luke era lì, sapeva che quegli occhi color ghiaccio la stavano fissando.

«Come sei entrato?» chiese con voce flebile al demone nascosto nell'ombra della sua camera.

Non ottenne risposta ma sentì dei passi avvicinarsi al materasso e, meccanicamente, si portò le gambe al petto. Sobbalzò sentendo un calore estraneo, lieve e confortevole, sulla guancia.

«Guardami» sussurrò Luke.

Hayley si portò le mani sullo stomaco, cercando di alleviare il dolore che improvvisamente avvertiva, e quando le labbra di Luke si impossessarono delle sue, spalancò le palpebre.

Seduto sul letto accanto a lei, le posò le mani sulle spalle per invitarla a stendersi. Hayley lo fece, senza opporsi.

«Non devi più parlare con lui» le sussurrò in tono deciso.

Hayley alzò gli occhi al cielo. «Sei ridicolo. Perché sei qui? Come hai fatto a entrare?»

Gli occhi di Luke si infiammarono. Col respiro affannato, si avvicinò a un centimetro dal suo viso. La luce dei lampioni che filtrava attraverso la tenda era fioca, ma forte abbastanza perché Hayley e Luke si guardassero nella penombra.

«Mi sono arrampicato sull'albero e ho raggiunto il tuo balcone, dovevo parlarti. Non sto scherzando, Hayley, non voglio più che parli con lui» ripeté.

17

SWEATER WEATHER

La luna accarezzava il viso magro di Luke proiettando ombre sulla sua mascella pronunciata. Hayley guardava incantata le sue labbra muoversi nel dire qualcosa che lei non ascoltava. Preferiva chiudersi nella sua bolla insieme a lui, cosa che prima non avrebbe mai fatto. Non le dispiaceva avere compagnia in quel miscuglio di acqua e sapone, tanto sottile quanto spesso da attraversare.

Nessuno prima di allora c'era riuscito. Ma lui sì, senza chiederle il permesso, era entrato nel suo mondo e si era seduto accanto a lei.

«*Hay.*»

Hayley alzò lo sguardo verso gli occhi di Luke. Sembravano più limpidi del solito e la colpirono dritto allo stomaco. Era ancora steso accanto a lei.

«Mi devi dare ascolto. Quando ti dico che non devi fare una cosa, non la fai» disse in tono duro.

Lei annuì, non poteva farci niente se ogni cosa che usciva dalle sue labbra era come uno spruzzo di magia. La incantava.

Il ragazzo passò i polpastrelli sul mento di Hayley, portandola più vicino a sé. Premette la bocca sulla sua, morbida e invitante. Se lei non fosse stata così piccola e pura, Luke l'avrebbe fatta sua in quell'istante.

Averla così vicino gli faceva andare il cervello tra le nuvole, nere per la tempesta che aveva nella mente. Si allontanò da lei sistemandosi sul piumone azzurro. Si girò appena verso il comodino e si tirò su per prendere tra le dita una collanina di corda scura. Alla poca luce che filtrava dalla tenda, si poteva distinguere un piccolo ciondolo d'argento. Luke si coricò di nuovo di fianco a lei.

Hayley neanche si ricordava di avere quella collanina, ma quando lo osservò mettersela nella tasca dei pantaloni lo spintonò.

«È mia» si lamentò.

Cercò di riprendersela ma Luke glielo impedì.

«Ora non lo è più» disse lui ridendo.

Seguì un minuto di silenzio. Hayley si mise seduta e prese a giocherellare, imbarazzata, con le maniche della felpa. «Raccontami qualcosa di te» gli chiese dopo un po'.

Anche Luke si tirò a sedere. «Non c'è molto da dire. E poi, come avrai capito, sono un tipo piuttosto silenzioso, mi annoia parlare con le persone. Però mi piace capire le cose, e mi dà molto fastidio quando non ci riesco. Per esempio,» fece una pausa sfiorando il viso di Hayley «ce n'è una che proprio non mi è chiara: cosa ci fa una ragazza come te da queste parti? E perché passi il tuo tempo con me? Non dovresti starmi vicino, non dovresti fidarti di me.»

La strinse di più a sé portandola lentamente a cavalcioni sulle proprie gambe.

«So che non sono facile da gestire. Mi spiace» continuò.

Hayley gli sorrise. Si avvicinò al suo viso e gli sfiorò le labbra con le sue. Si staccò quando lo sentì ridere.

«Che c'è?» domandò.

Luke scosse la testa. «Mi piacciono i tuoi baci da quindicenne.»

«Da quindicenne?» chiese lei non capendo.

Lui le passò l'indice sulle labbra umide e rosee. «Quelli semplici, senza malizia.»

Lei annuì poco convinta, poi una luce intensa entrò nella stanza mandandola nel panico.

«Devi andartene, Luke.» Lo prese per l'avambraccio e lo spinse giù dal letto.

«Cosa succede?» chiese lui quasi divertito.
«È arrivata mia madre.»
Luke rise prima di stamparle un ultimo bacio.
«A domani.»
E solo quando uscì attraverso il balcone e sentì il bisogno di rientrare si accorse che Hayley era tutto quello di cui aveva bisogno in quel momento.

Hayley scese le scale saltando l'ultimo scalino, fece un giro per la cucina e quasi si spaventò quando vide la sorella chiudere l'anta del frigo con il cartone del latte in mano.
«Buongiorno Evie» salutò Hayley, facendo un mezzo giro su sé stessa. La sorella la guardò storcendo il viso.
«Hayley?»
Lei annuì prima di sedersi sul tavolo, le gambe magre ciondolavano come pendoli.
La sorella rise posando il cartone sul tavolo. «Lui chi è?»
Hayley si guardò intorno. «Cosa?»
«Oh, andiamo, anche io ero così felice alla tua età quando uscivo con un ragazzo.»
Hayley abbassò lo sguardo e arrossì, sentendosi improvvisamente a disagio. Alla fine si arrese, forse Evie poteva aiutarla a capire qualcosa di quella situazione così confusa.
«Possiamo parlare di lui con un nome in codice?»
Evie la guardò sorpresa, poi annuì sconcertata.
«Chiamiamolo Frank» disse Hayley.
«*Frank?*»
«Sì,» disse sicura «Frank.»
Evie le fece segno di parlare.
«Ecco lui è... complicato. Un attimo prima è dolce e simpatico e quello dopo potrebbe sfondare un muro con un pugno.» Fece una pausa prendendo un respiro profondo. «Non so cosa voglia da me» concluse.
Evie riprese il cartone in mano e cominciò a giocare con l'apertura frastagliata. «Su di lui non posso dirti niente, ma su di te sì» commentò.
Hayley strizzò le palpebre cercando di seguire il discorso.

«*Tu* cosa vuoi da lui?»
Hayley scosse la testa non capendo.
«Intendo dire, tu mi hai detto di non sapere cosa vuole da te. Ma tu? Cosa vuoi da lui?»
Hayley rimase in silenzio. Le ragazze come lei non pensavano a quelle *cose*. Non pensavano in quel modo. Anche se negli ultimi tempi le capitava di riflettere su come si sentiva quando Luke la toccava o la baciava. Lei non era capace di dare un nome a ciò che provava, ma sapeva che era un sentimento troppo vicino alla paura.
Lui l'avrebbe uccisa.
Se fosse stato un fulmine l'avrebbe fulminata.
Se fosse stato acqua l'avrebbe affogata.
Se fosse stato aria l'avrebbe soffocata.
In ogni caso lei non faceva una bella fine. Ma voleva arrivare al traguardo, osservare fino a che punto si sarebbe spinto Luke con lei. Perché, alla fine, ognuno giocava a un gioco diverso.
Il proprio gioco, le proprie regole.
Tra di loro erano *disconnessi*.
A un certo punto si sarebbero incontrati. Come due linee rette che, a un certo punto, avrebbero cambiato rotta, scontrandosi in una guerra.
Hayley non rispose.

Caleb si portò una mano sul retro del collo quando se lo sentì bruciare. «Perché?» chiese dopo aver realizzato che era stata una mano a colpirlo.
«Prima o poi farai una cazzata, no?»
Luke scosse le spalle alzando le mani. Si sistemò meglio sul muretto portandosi alle labbra la sigaretta già consumata. Il fumo gli finì davanti agli occhi annebbiandogli la vista.
Caleb infilò le mani nelle tasche dei pantaloni. «Vuoi ancora portarla allo Yell?» Girò la testa per osservare il profilo dell'amico.
Luke alzò leggermente il mento ed espirò un anello di fumo. «Non lo so» rispose, tenendo lo sguardo fisso davanti a sé. «Sembra... diverso, adesso.»

Dal muretto su cui erano seduti potevano vedere tutto il parco. Luke immaginò di scorgere Hayley correre tra gli alberi e scivolare sull'erba bagnata dalla neve. La vide venire verso di lui, sorridente e impacciata. Le piaceva così, semplice e ingenua.

Drizzò la schiena, qualcosa era cambiato e se ne stava accorgendo, lentamente anche i suoi pensieri stavano cambiando. Si portò le mani tra i capelli, chiudendo gli occhi. Cosa voleva? Se lo continuava a chiedere, era una domanda onnipresente nella sua mente. Cosa doveva fare?

Caleb sorrise. «Quindi ti importa» concluse.

Luke perse il filo. «Di cosa?» Aggrottò le sopracciglia.

«Di *lei*.»

18

SUPER-EGO

Scese dalla moto strusciando a terra le suole dei pesanti anfibi neri. La notte li inghiottiva con gioia, mentre le loro menti erano offuscate dalla musica. Caleb sorrise quando vide le luci colorate perforare le finestre del capannone.

«Allora? Niente male, vero?»

Caleb annuì in direzione dell'amico. Era la prima volta che vedeva un posto simile. «Cos'è?» domandò.

Luke rise facendo dei passi verso i rumori, sembrava attratto da essi. Camminava spedito verso quel posto che, si vedeva da lontano, portava solo guai. Le loro anime si erano macchiate anche solo guardandolo.

Caleb lo seguì con lo sguardo e, quando lo vide fare una giravolta su sé stesso a tempo di musica, non poté trattenere una risata.

Luke era davvero bravo in quel genere di cose. Anche se aveva solo sedici anni, sembrava più grande, più furbo, più intelligente.

Sapeva convincere, persuadere. Lui comandava e gli altri obbedivano, ecco perché Caleb era lì.

Ma non gli dispiaceva; al contrario, quando vide una mora appoggiata alla parete di alluminio del capannone sorridergli, pensò che avesse fatto la scelta migliore.

«Questo, Cal, è lo Yell» dichiarò Luke.

«E cosa sarebbe?» chiese Caleb poco attento, continuando a guardare la ragazza. Luke lo prese per il colletto della camicia.

«Lo Yell è il gioco dove tutti vincono e uno solo perde.» Rise. «Dove tutti perdono e uno solo vince.»

Caleb si scostò. «È un gioco o una gara?»

Luke gli sorrise.

«Capirai presto.»

Caleb annuì, prima di posare di nuovo lo sguardo sulla ragazza appoggiata alla parete.

«Caleb?» lo richiamò Luke con un ghigno divertito scolpito sul viso. «È da quando avevo quattordici anni che voglio partecipare allo Yell. È arrivato il nostro momento, Cal.»

Quando Luke gli tirò una gomitata, Caleb tornò in sé e si voltò verso l'amico. Ogni tanto gli capitava di pensare a quelle cose, di pensare a come fosse finito lì, con Luke.

Lui gli sorrideva mentre giocava a rigirarsi una biro tra le dita. Caleb gli sorrise a sua volta; era strano, di solito non lo facevano mai.

Quando il professore si voltò verso la lavagna dando le spalle alla classe, Luke non perse tempo a far guizzare i suoi occhi chiari verso la finestra.

A Baltimora l'inverno era nel pieno. In quella stagione tutto appassiva, ghiacciava, moriva. Luke invece sbocciava, si sentiva più vivo che mai. Non aveva mai capito perché, ma lui sentiva la vita scorrergli nelle vene solo in inverno, quando il ghiaccio intorpidiva i muscoli.

Si girò verso Caleb e iniziò a distrarlo, facendo gesti strani con la biro.

«Lei ce l'ha un *Super-Io*?»

Luke alzò lo sguardo confuso. Il professore lo guardava, in attesa di una risposta. Si indicò con l'indice, perplesso. «Io?»

«Sì.» Il professore sorrise sedendosi goffamente sulla sedia rossa. «Lei, signor Holland.»

Luke si guardò intorno. «Non lo so.»

«Sta facendo quello che vorrebbe fare in questo momento, signor Holland?»

«Assolutamente no.»

«Allora ha un buon Super-Io, fortunato lei.»

Una mano si alzò dalle prime file, interrompendo il dialogo.

«Io non ho ancora capito cosa sia.»

Il professore alzò gli occhi al cielo passandosi una mano tra la barba bianca.

«È nella nostra mente, e ci controlla. Contiene tutte le regole che abbiamo imparato nel corso della nostra vita. Ci manda dei segnali quando stiamo facendo qualcosa di sbagliato.»

«Come un Grillo parlante?» chiese una ragazza della terza fila.

«È un po' più complicato ma sì, il concetto grosso modo è quello. In alcuni il Super-Io è più sviluppato, in altri meno.»

Luke scosse la testa indifferente, la psicologia non faceva per lui. Tutto quell'ignoto non gli piaceva, lui amava le cose certe. Come la matematica, in quella era davvero bravo. Una dote naturale per tutto ciò che era fisso, certo. Qualunque materia prevedesse una formula o una teoria lui l'amava.

Quando decise di essersi annoiato abbastanza, chiese al professore di andare in bagno e, appena fu in corridoio prese il telefono.

A: Hayley 9:08 a.m.
Troviamoci ai bagni al secondo piano, voglio vederti.

Hayley strinse l'orlo del maglione colorato mentre faceva scivolare il telefono nella tasca dei jeans attillati.

Lo osservò da lontano, si stava stuzzicando il labbro inferiore con i denti mentre faceva vagare lo sguardo per i corridoi. Strinse più forte la lana quando i loro occhi si incrociarono.

Lui le fece segno con la mano di avvicinarsi. Rise quando la vide avanzare a passi incerti; aveva ancora paura di lui, ma la cosa non gli dispiaceva più di tanto.

«È successo qualcosa? Perché mi hai detto di venire?» chiese Hayley.

«Sì, ho una missione da compiere» rispose Luke.

Lei alzò gli occhi chiari corrugando la fronte. «Cosa?»

Lo vide ridere leggermente prima di tendere le braccia verso di lei e portarla contro il suo petto. «Voglio far crollare il tuo Super-Io.»

«A te non piace la psicologia» commentò la ragazza.
«E a te non deve importare, ora.»
La attirò a sé per far scontrare le loro labbra. Ora quel freddo Hayley non lo sentiva più. Luke era come il suo maglione preferito, pieno di difetti ma sempre il migliore per lei, per il suo fisico.
Tennero gli occhi chiusi.
«Non è così che farai cedere la mia mente, sai?» disse Hayley facendo un piccolo sorriso.
«Ah, no? E cosa dovrei fare? Ti ascolto» disse lui ammiccando. Gli piaceva quel gioco.
«Canta» ordinò dolcemente la voce di Hayley. «Per me.»
Luke la guardò, e cantò in un sussurro: «*I'm gonna pick up the pieces, and build a Lego House. When things go wrong we can knock it down.*»
Hayley chiuse gli occhi appoggiando la fronte al petto del ragazzo, le piaceva ascoltare la sua voce. Era roca al punto giusto e solleticava l'udito con dolcezza e fermezza allo stesso tempo. Le note gli danzavano in bocca mentre cercava di ricordarsi le parole di una canzone non troppo vecchia.
«*My three words have two meanings, there's one thing on my mind...*»
Luke smise di cantare stringendo più forte le mani sulla schiena di Hayley che subito alzò lo sguardo su di lui. «Continua» lo incitò.
Lui scosse la testa. «Non mi piace cantare» disse freddo.
«Fallo per me.»
Lui guardò il muro bianco dritto davanti a sé. Era un suo limite, uno dei pochi, lui credeva a poche cose, solo a quelle certe e provate, e di certo l'amore non era tra quelle. Cantò ancora qualche strofa.
«Luke.» Hayley sorrise, poi tornò seria. «Credo che tu abbia rotto il mio Super-Io.»
La guardò complice. «Se è vero, perché non stai dando di matto?»
Hayley scosse la testa avvicinandosi alle labbra del ragazzo. «Lo sto facendo, in silenzio» spiegò a occhi socchiusi.

«Io però voglio farti urlare, fino a quando non mi chiederai di smettere» disse Luke, dando voce ai suoi pensieri.

Hayley alzò le spalle.

«Succederà quando il *tuo* Super-Io sarà rotto.»

Hayley andò lontano con la mente, non voleva che accadesse. Non voleva urlare per le ragioni sbagliate. Voleva lottare per le sue idee, e un Luke senza controllo, senza Super-Io, l'avrebbe solo ostacolata.

O fermata.

O annientata.

O fatta innamorare.

Ryan chiuse la porta pesante e si portò una mano al petto quando vide Caleb appoggiato alla ringhiera.

«Ti ricordi ancora quando faccio i pomeriggi» constatò, continuando a guardarlo. Giocherellò imbarazzata con la tracolla dello zaino che le sfiorava le ginocchia.

«Già.»

Lei annuì e iniziò a camminare. Quando sentì i passi di lui dietro i suoi si tranquillizzò.

«Oggi pensavo al secondo Yell a cui ho partecipato, alla prima volta che abbiamo corso insieme.» Ryan abbassò lo sguardo e quando lo sentì pronunciare un «Eri bellissima» suo malgrado sorrise.

19

WRONG

Le dita affusolate di Luke presero, in una salda stretta, il tessuto del cappuccio. Lo portarono verso l'alto prima di farlo calare pigramente sui capelli biondi e spettinati. Abbassò lo sguardo per osservare i cordini bianchi spostarsi a seconda del vento che tirava nel Maryland; quei cordini non si toccavano mai.

Si spostavano con la stessa sincronia tutte le volte. Li prese in una mano stringendoli, poi li lasciò penzolare nel vuoto quando Caleb lo affiancò sul muretto.

Il sole colpiva il viso dell'amico. Un sorriso cercava di rimanere nascosto tra le sue labbra ambrate e carnose.

«Cos'è successo?» chiese Luke, spezzando un rametto che il vento aveva portato vicino ai suoi piedi.

«Perché?» domandò Caleb di rimando.

Luke odiava quando si rispondeva a una domanda con un'altra domanda ma, dopo aver sbuffato, spiegò: «Non sorridi mai.»

Caleb aggrottò la fronte. «Non è vero!» Si offese ancora di più quando sentì Luke ridere.

Quest'ultimo scosse la testa facendo un cenno con la mano. «Comunque, cos'è successo? Intendi dirmelo o...»

«Ryan mi ha perdonato» lo interruppe.

Luke guardò davanti a sé mentre il sorriso di Caleb si espandeva, tirando le labbra leggermente screpolate. Lui, a differenza dell'amico, non provava niente, o provava così tanto che non sapeva su cosa concentrarsi.

C'era Caleb. C'era Ryan.

E c'era *Hayley*.

Tutte queste persone così diverse erano così... connesse tra loro. Facevano tutti parte di un qualcosa di grande che Luke non riusciva più a controllare. Ma lui era come disconnesso. Da tutto. Da tutti. Era da solo, circondato da persone che lo guardavano senza toccarlo.

Fu trascinato a galla dal suono della campanella della Baltimora High School; quella mattina non era entrato a scuola e stava aspettando Hayley su quel muretto. Caleb scese con un balzo e si diresse verso il centro della via alberata, sapeva che Luke preferiva stare da solo con lei. In un certo senso, si vergognava se c'erano altre persone attorno a loro.

Luke riconobbe i capelli biondi di Hayley da lontano. Sorrise ma poi si rabbuiò quando notò gli occhi della ragazza. La cornea era rossa e le iridi azzurre erano liquide, fuse con l'espressione triste del suo volto.

Le si avvicinò e le posò le mani sulle spalle. Si guardarono per qualche istante. Hayley aveva la matita sbavata; doveva aver pianto a lungo. Gli occhi di Luke si infuocarono.

«Cosa è successo?» le chiese con voce inespressiva.

Hayley si scostò dalla sua presa, iniziando a camminare verso casa. Biascicò un leggero: «Non è successo niente» scuotendo le spalle con finta indifferenza.

Luke strinse la mascella e l'afferrò per un braccio. «Non prendermi per il culo, dimmi chi è stato. È evidente che hai pianto, e anche parecchio.»

Hayley lo guardò, era arrabbiato. Ma lei non ci poteva fare niente. «Ho solo avuto una discussione con una compagna di corso. I toni si sono fatti accesi e siamo quasi arrivate alle mani.»

«Di cosa stavate parlando?»

«Di te.» Hayley abbassò la testa, come se si vergognasse. «Lei non capisce perché, tra tutte, tu abbia scelto me.»

«Chi è?» chiese Luke a voce troppo alta. Poi rilassò i muscoli e chiuse gli occhi, chinò la testa e posò la fronte contro quella di Hayley. «Ho bisogno di saperlo, *Hay*, posso aiutarti.»

Lei fece un respiro prima di parlare. «È stata Crystal. Ma non è stata colpa sua, io l'ho istigata e...»

«Ti stai dando la colpa?»

Luke la guardò incredulo, era in quelle situazioni che le loro differenze caratteriali emergevano, creando contrasti. Hayley avrebbe fatto di tutto pur di non generare rabbia e violenza. Preferiva prendersi la colpa piuttosto che far soffrire qualcun altro. Lui, invece, era l'esatto contrario. Attaccava tutti e proteggeva solo le cose a cui teneva: menefreghista la maggior parte del tempo e indifferente per il resto. Per questo ci pensò bene, prima di guardare Crystal dall'altra parte del giardino della Baltimora High School. Si chiese: Hayley è qualcuno per cui lottare?

Decise di sì. A pugni stretti, si allontanò ignorando gli scongiuri di Hayley.

Crystal si staccò dal gruppo delle sue amiche e incrociò le braccia al petto. Lo stava aspettando, lo aveva visto avvicinarsi da metri di distanza.

Lui sapeva come si passava dal *giusto* allo *sbagliato*. Ma ora non gli importava, nessuno poteva toccare Hayley, a parte lui.

Afferrò Crystal per un braccio e la spinse a terra con violenza. «Tu» sibilò indicandola, lei si alzò in un attimo e lo guardò sorpresa «non provare mai più a offendere Hayley.»

Hayley era corsa verso di loro e con affanno cercava di portare via Luke.

Crystal rise.

«Hai chiesto aiuto al fidanzatino, Cohen? Patetico.» Si portò una mano sul fianco per sistemarsi il maglione che sotto la giacca aperta si era alzato durante la caduta.

«Lascia stare Hayley. Se hai qualcosa da dire, parla con me!» urlò, ancora fuori di sé.

Crystal si avvicinò a Luke fissandolo. «Potevo darti tutto quello che volevi...» gli sussurrò, continuando a guardarlo negli occhi.

Lui la spinse lontano scuotendo la testa. «Non me ne frega

un cazzo di te, e a te non deve fregare un cazzo di lei. Capito?» la minacciò.

Hayley cercava di tirarlo verso di sé sussurrandogli ogni tanto un 'Basta'.

«Io faccio quello che voglio» sputò Crystal.

Luke si accigliò. Sebbene fosse consapevole di ciò che stava per accadere, si avvicinò a lei e sollevò una mano per colpirla. I suoi occhi chiari erano diventati scuri come la notte, come se si fosse iniettato un siero di rabbia. Li serrò e abbassò la mano sulla ragazza. Sentì il tonfo sordo di un corpo che cadeva a terra.

Quando riaprì gli occhi vide che sull'erba bagnata c'era Hayley, invece che Crystal. Non capì subito. Perché il suo angelo era steso a terra?

Crystal sussurrò: «Luke Holland mette le mani addosso alle ragazze.»

Hayley si portò le gambe al petto, fissando in silenzio Luke che rimaneva immobile a guardarla.

Forse Hayley non avrebbe dovuto mettersi in mezzo.

Caleb si tolse il casco e sorrise quando il vento gli spostò i capelli, portandoglieli davanti al viso.

Scese dalla moto e guardò il campo intorno a lui.

«Penso che come prima cosa bisogna imparare il percorso, no?» intuì grattandosi la testa.

Sorrise quando vide Ryan avvicinarsi a lui annuendo.

Prese la moto dal manubrio e iniziò a spingerla sulla ghiaia; il ghiaccio si stava lentamente sciogliendo. Camminarono tutto intorno al capannone, per imparare il più possibile il percorso che avrebbero fatto durante lo Yell. Erano solo loro due. I campi che li circondavano, e che durante l'estate erano folti e dorati, adesso erano spogli e secchi.

«Dovevo capirlo» disse Caleb, contraendo la mascella.

«Cosa?» chiese Ryan.

«Dovevo capirlo che facendo quella stupida gara ti avrei persa. Non dovevo entrarci in questa storia.»

«E invece ci siamo più dentro che mai, ancora una volta»

rispose lei, sarcastica. Si strinse nella giacca di felpa gialla prima di posare di nuovo lo sguardo sul ragazzo a fianco a lei.

Era fermo, serio. «Mi spiace averti portata qua un anno fa. Non avrei voluto farti del male, anche se poi è quello che ho fatto» disse a bassa voce.

Lei si avvicinò sistemandosi una ciocca di capelli dietro l'orecchio.«Prova a guardare le cose sotto una luce diversa. Ti ho conosciuto, e di questo sono felice.»

«Quando vivi nel buio non puoi guardare le cose sotto una luce diversa, Ryan. Ti chiedo scusa per averti di nuovo coinvolta in questa storia. Non avrei voluto, ma ho bisogno di te per aiutare Luke e Hayley.»

Passarono minuti in silenzio.

Ryan poteva elencare tutti i motivi del mondo per avercela con lui, lo sapeva. Ma era più forte di lei. Ci aveva provato ad allontanarsi da Caleb, ma non ci riusciva.

Lui la strinse a sé sospirando.

«Cosa c'è?» domandò Ryan sorridendo.

«È così sbagliato che tu mi renda felice?»

20

MONSTER

Luke guardò l'armadietto davanti a sé. Quel blu, una volta compatto e ora attraversato da striature, era della stessa tonalità dei suoi occhi, quegli stessi occhi che cercavano, senza trovarlo, un punto su cui posarsi per calmarsi. Anche quel blu sembrava andargli contro, istigandolo.

Si girò verso la ragazza. Lei aveva le braccia incrociate e lo sguardo basso. Le persone passavano loro accanto e lui neanche se ne accorgeva. Era troppo concentrato a guardarla. Voleva farla soffrire come lei stessa aveva fatto con lui.

«Ti sei divertita?» le chiese con un ghigno sul volto.

Lei lo guardò stranita. Si prese una ciocca di capelli rossi tra le dita mentre i suoi occhi color nocciola seguivano gli studenti che affollavano il corridoio.

Luke la afferrò per le spalle sbattendola contro l'armadietto blu, non sapeva perché ma voleva farle del male. «Ti ho chiesto se con Derek ti sei divertita» le sibilò in un orecchio. Solo a pronunciare quelle parole, mille ricordi ed emozioni affioravano dentro di lui. Una rabbia quasi malata. «Rispondi!» urlò, ormai stanco. Lei continuava a eludere il suo sguardo. Più lo faceva e più Luke si arrabbiava, e anche se aveva solo diciassette anni faceva paura.

Le persone li guardavano, ma nessuno interveniva per fermarlo. Qualcuno avrebbe dovuto perché lui sapeva che se avesse iniziato non avrebbe finito finché la rabbia non avesse abbandonato il suo corpo.

«Perché non mi rispondi, eh?»

Strinse le labbra sentendo gli occhi bruciare, scosse le spalle e spintonò la ragazza. Stava meglio ma non era ancora abbastanza.

La distanziò dagli armadietti. Lei stava piangendo e Luke provò solo indifferenza davanti alle sue lacrime.

Lo aveva tradito e, anche se sapeva che colpirla era sbagliato, lo fece e si sentì appagato.

Quando la mano di Luke colpì il suo volto, lei si accasciò a terra premendo i polpastrelli contro il pavimento.

Mentre la guardava, Luke avvertì una presenza alle proprie spalle. In un solo istante un braccio gli circondò il collo, un altro il torace. Luke si divincolò e riuscì a liberarsi, ma quando si voltò si trovò davanti Derek che, senza dargli tempo di reagire, gli scaricò un pugno in pieno viso.

Derek era il capo, lui organizzava lo Yell e aveva il pieno controllo della Baltimora High School. Nessuno poteva vincere contro di lui, era il più forte e gli aveva portato via Charlotte, la sua ragazza. L'aveva portata via appena finito lo Yell.

Derek lo colpì di nuovo, e Luke, come un foglio appallottolato e buttato via, si ritrovò riverso a terra, il volto tumefatto, lo sguardo verso il soffitto. Il freddo del pavimento contro la schiena era quasi un sollievo. Derek si chinò su di lui e gli tirò un calcio nel fianco prima di andare via.

Luke perse i sensi e l'ultima cosa che udì fu una frase sussurrata da mille voci attorno a lui: «Luke Holland mette le mani addosso alle ragazze.»

«Luke Holland mette le mani addosso alle ragazze» ripeté Crystal guardandolo schifata.

Luke guardò Hayley a terra: aveva gli occhi appannati da un velo di delusione e tutte e due le mani contro quella maledetta guancia. Il mostro che aveva cercato di reprimere era tornato.

Indietreggiò di qualche passo guardando il giardino ormai vuoto della Baltimora High School, pieno solo di ricordi. Chiuse gli occhi e fu investito dalle urla disperate di Charlotte. Si portò le mani sulle orecchie urlando dalla frustrazione.

I suoi piedi bruciavano contro l'asfalto e solo quando iniziò a correre per il viale alberato realizzò che si stava allontanando da Hayley.

Lui era un *demone*.

E i demoni non possono stare con gli angeli, il desiderio di distruggerli è troppo grande e gli angeli sono troppo fragili.

Lui non poteva stare con Hayley.

Caleb teneva lo sguardo fisso davanti a sé. Sembrava assente. Il viso rilassato, gli zigomi marcati sembravano sfuggenti sotto quella luce. Il cielo aveva preso i toni del rosa e del viola, lasciandosi lentamente oscurare dalla notte.

Intorno a loro, solo il rumore del vento.

Ryan lo osservava quasi incantata. Si strinse nelle spalle. «Caleb, tutto bene?»

Lui non rispose. Stava pensando, rifletteva su come in un anno lei fosse cambiata. Pensare al passato gli faceva quasi male.

«Caleb!»

La voce di Ryan era flebile, quasi bisognosa. Non era la prima volta che usava quel tono con lui.

«Caleb!»

«Caleb!»

Sobbalzò quando si sentì tirare per un braccio. Guardò la ragazza davanti a lui. Il caschetto asimmetrico tutto arruffato, il mascara sbavato sulle guance, i vestiti stropicciati. Caleb la conosceva solo di vista, l'aveva vista qualche volta aggirarsi attorno al capannone dello Yell, sembrava piccola.

«Caleb, aiutami!»

Lui la guardò senza capire, mentre gli tirava la giacca di pelle. La stanza era piena di gente e nessuno si accorgeva di loro.

Tranne un ragazzo.

Si stava facendo largo tra la folla cercando di raggiungerli.

Ryan si accostò di più a Caleb. «Vuole farmi del male, ti prego, aiutami.»

Lui le cinse le spalle con un braccio e la strinse a sé mentre il ra-

gazzo si avvicinava sorridendo. «Ehi, Caleb» lo salutò il tipo, poi allungò le braccia verso la ragazza. «Piccola, vieni, ti porto a casa.»

Caleb gli rivolse uno sguardo di fuoco prima di portare gli occhi su Ryan.Lei scosse il capo.

«Ryan,» il ragazzo fece una pausa passandosi una mano tra i capelli «vieni.»

«No, non voglio» sibilò lei.

A quel punto il ragazzo la afferrò per un braccio. La musica era alta ma Ryan urlò più forte che poté.

«Non hai sentito? Non vuole venire con te.»

Il ragazzo guardò Caleb sorpreso. Aveva gli occhi lucidi, le guance arrossate, le maniche della camicia arrotolate fino ai gomiti. Era furioso.

Si studiarono in silenzio. Poi il ragazzo senza nome lasciò la presa su Ryan. «Perfetto,» si passò una mano tra i capelli «allora faremo i conti durante la gara.» Diede loro le spalle e se ne andò.

La ragazza abbracciò Caleb. «Grazie» gli sussurrò all'orecchio. Si staccò e si passò le mani sulle guance sporche.

«Stai bene?» le chiese lui. La guardò meglio, vista da vicino sembrava ancora più piccola. Doveva avere al massimo quindici anni.

Lei annuì abbozzando un sorriso. Gli porse la mano. «Mi chiamo Ryan» urlò per sovrastare la musica.

«So come ti chiami, e tu, a quanto pare, sai come mi chiamo io» rispose stringendole la mano. La gente intorno a loro era rumorosa, tutti i concorrenti dello Yell si erano incontrati in quel bar di periferia.

«Sì, lo sapevo già» ridacchiò Ryan.

Lui si voltò a guardarla e le sorrise.

«Caleb, a cosa stavi pensando?» gli chiese Ryan curiosa.

Il ragazzo scrollò le spalle cercando di togliersi dalla mente quel caschetto scuro. Ryan era cambiata tanto. Lui l'aveva resa più sicura, più audace ed estroversa. Ma non doveva dimenticare che le aveva fatto anche del male. «A quando ti ho conosciuta, al bar...» ammise.

La ragazza si irrigidì, non le piaceva pensare al passato. Per lei era un capitolo chiuso.

Caleb le si avvicinò, le abbassò la spalla della giacca e tirò giù la stoffa del golfino. Chiuse gli occhi quando vide la piccola cicatrice concentrica.

«Sono un *mostro*» disse a sé stesso.

Ryan scosse la testa ricoprendosi. Stava per dire qualcosa per cambiare argomento ma il telefono di Caleb squillò.

Lui rispose e dopo qualche istante corse verso la moto, parcheggiata ad alcuni metri da loro.

«Caleb! Che succede?»

Caleb imprecava cercando frenetico le chiavi nelle tasche del giubbotto. Era agitato, i suoi occhi non si fermavano un attimo. «Luke ha perso il controllo» mormorò con le chiavi della moto in mano.

Ryan corrugò la fronte.

21

KING

Luke camminava facendo strusciare i polpastrelli contro il muretto che costeggiava la strada buia. Si guardava le mani con disgusto, avevano provocato dolore e piacere a tanta gente. Quelle non erano le mani di una persona come tante.

Lui si credeva un re, si era sempre ritenuto tale.

Le solite bugie che gli inchiodavano la testa.

Ma adesso, tradito dal proprio demone, gli sembrava di vedere la propria corona rotolare a terra.

Lui *era* un demone. Un re andato al potere per i motivi sbagliati. Gli stessi motivi che, dopo averlo fatto sfogare, lo avevano portato lì. Davanti alla casa da cui doveva stare lontano.

Lei era lì, la luce gialla della sua stanza era accesa. Si sentiva un ladro, le stava rubando la cosa più preziosa che avesse: la spensieratezza.

Strinse le mani in due pugni. La sua mente stava lentamente cadendo dentro quel giardino poco curato. Sentiva la terra sotto i piedi cedere. Anche le sue difese, sottili come un foglio di velina, stavano venendo meno, e la realtà era una biro nera che lo avrebbe perforato dritto nel petto, lì dove gli faceva male. In mezzo al petto, dove generalmente tutto era immerso nelle ragnatele, dove lui non sentiva niente.

Quando vide il balcone del secondo piano aprirsi e poi richiudersi violentemente, si sentì sprofondare.

Fu a quel punto che se ne accorse.

Era stato tagliato fuori.

Luke si arrampicò fino al balcone, come aveva fatto qualche notte prima, e prese a colpire il vetro sottile. Le mani sudate lasciavano le impronte delle dita contro la superficie liscia e fredda. «Hayley aprimi! Ti prego!»

Dopo qualche secondo appoggiò la fronte al vetro. Il respiro gli appannava la vista ma riusciva a scorgere la figura della ragazza in fondo alla stanza; era di spalle, rigida. Fingeva di non vederlo?

«Ti prego» sussurrò Luke.

Si passò le mani sul viso sporco prima di colpire ancora il vetro. Poi chiuse gli occhi e poco dopo il balcone si aprì. Luke aspettò a guardare, non voleva vedere Hayley vestita del dolore che lui le aveva causato.

Si sentì prendere per le mani e trasportare lentamente dentro la stanza. Le scarpe a contatto con la moquette fecero un rumore ovattato, come se stesse camminando su una nuvola.

Alla fine aprì gli occhi e contrasse le labbra quando vide la guancia arrossata di Hayley. Allungò una mano e le accarezzò il viso delicatamente. Quindi si avvicinò al suo orecchio, appoggiò il mento sulla sua spalla magra e le sussurrò: «Perdonami.»

Quella semplice parola, pronunciata da una persona come lui, sembrava così profonda.

Hayley gli prese il viso tra le mani e lo portò davanti al suo. «Ho bisogno di sapere cos'è successo, Luke» disse con voce sicura. Lei non aveva capito le parole di Crystal, ma dovevano nascondere qualcosa di vero, se lui aveva reagito in quel modo.

«Charlotte era così semplice,» sussurrò Luke quasi non volendo svegliare il suo ricordo «e io così arrabbiato dopo aver scoperto cosa mi aveva fatto.»

Hayley sostenne il suo sguardo per infondergli coraggio.

«Mi aveva tradito con Derek Hood, e io per punirla l'avevo colpita con tutta la forza che avevo in corpo. Volevo farle del male, volevo scaricare la mia rabbia.»

La ragazza rabbrividì ma si fece coraggio, non voleva mostrarsi debole in quel momento.

«È da un anno che...» Luke fece una pausa. Aveva la voce rotta. Le si avvicinò facendo sfiorare i loro nasi. «...Che non provo niente.»

«Anche io» ammise Hayley facendo un respiro profondo. «E sono stufa.» Si aggrappò alle spalle di lui come se fosse una roccia, le labbra trovarono la strada verso le sue.

Luke aveva aspettato l'intera giornata per stringerla a sé e baciarla. Le passò una mano sotto la maglietta per avere un contatto diretto con lei. E riuscì solo a dire, tra un affanno e l'altro: «Spezzerò il tuo cuore.»

Hayley sorrise sfoggiando alla sua compagna di banco il risultato della sua verifica di psicologia. Erano passati qualche due giorni dall'ultimo incontro con Luke.

«Perché non mi sorprende che tu abbia preso quel voto?» chiese ironica Ryan. Avrebbe voluto alleggerirsi delle bugie e dei segreti che stava nascondendo all'amica. Ma il problema era che non sapeva se fosse meglio parlare o tacere. I suoi giudizi erano offuscati come il cielo notturno.

In più si sentiva strana da quando aveva capito che né Caleb né Luke sarebbero andati a scuola quella mattina.

Guardò Hayley e si sforzò di rimanere indifferente davanti al rossore della sua guancia. Caleb le aveva raccontato tutto di quell'incidente e anche del passato di Luke. Ryan avrebbe voluto condividere quelle informazioni con l'amica ma poi, vedendola così sorridente mentre cercava una biro nell'astuccio verde, non le sembrava giusto.

«Signorina Greenver» disse il professor David, risvegliandola dai suoi pensieri.

Ryan si alzò dal banco sotto lo sguardo di Hayley e con riluttanza andò a prendere la verifica. Tornò al suo posto con il foglio stretto tra le dita, e quando fu abbastanza vicina lo lanciò sul banco. «Allora quella checca lo fa di proposito!» esclamò.

Subito dopo sentì la porta sbattere. Ryan si guardò intorno.

I compagni la fissavano in silenzio, il professore non c'era e lei si accorse di aver parlato troppo forte.

***

Hayley bussò alla porta della villetta verde con ansia, aveva seguito il professore fino a casa. Voleva scusarsi per quello che aveva detto Ryan. David era uscito dall'aula sbattendo la porta, e non era più rientrato.

Hayley sapeva cosa dire e fare, ci aveva riflettuto per il resto delle lezioni, ma quando la porta si aprì se ne dimenticò, come niente.

«Salve professore, scusi il disturbo.» David aveva i capelli mossi che gli ricadevano sulla fronte. «Io volevo... Be', io... volevo solo scusarmi per il comportamento di Ryan. Non voleva mancarle di rispetto» disse abbassando lo sguardo.

L'uomo scosse la testa stirando un sorriso. Con una mano le fece segno di entrare.

Hayley lo guardò titubante.

«No, non disturba. Entri pure» disse come leggendole il pensiero.

Si spostò e la fece entrare.

Hayley si guardò intorno. La casa, grande e arredata in stile moderno, era elegante e accogliente. Si sentì un rumore di passi provenire dalle scale in fondo all'ingresso, e un istante dopo davanti ai suoi occhi apparve un giovane uomo sulla quarantina, dai capelli biondi e corti. Gli occhi neri spiccavano sulla pelle quasi lattea.

«George, chi era alla porta?» disse l'uomo non notando Hayley, adesso rossa in viso.

«È una mia alunna, la signorina Cohen.»

Lui sorrise allungando la mano verso di lei, il professore lo presentò: «Lui è Aaron, il mio compagno.»

22

SAW

George sorrise quando sentì la mano di Aaron sul proprio petto; quella mano così esperta e delicata lo accarezzava come mai nessuno aveva fatto. Lo guardò nella penombra della sua stanza; per avere ventitré anni era un ragazzo molto maturo. Lo aveva incontrato al master di Counseling scolastico dove stava tenendo un seminario in qualità di docente. Nonostante avesse trentasei anni, per George era tutto nuovo e, in quanto tale, entusiasmante anche se sconvolgente. Ma adesso che quell'angelo biondo aveva preso a baciargli il collo, si sentiva in pace. Tutto ciò che, senza saperlo, aveva sempre desiderato era lì, sopra di lui, ed era bellissimo.

Ritornò tra le pareti verde acqua della stanza quando sentì la fibbia dei propri pantaloni tintinnare. Deglutì a fatica. Tenendo lo sguardo fisso su di lui, Aaron si avvicinò. I suoi occhi neri, più intensi nella notte, spiccavano anche nell'oscurità e George si perse in essi. Il ragazzo posò le labbra gonfie sulle sue catturandole in una serie di baci teneri e allo stesso tempo appassionati.

George affondò le dita in quei capelli biondi e li tirò leggermente mentre pensava al senso di inadeguatezza che lo aveva accompagnato per tutta la vita, fin da quando era un ragazzino, troppo particolare, troppo sensibile per confondersi con gli altri. Senza volerlo, affiorarono alla sua mente ricordi limpidi di sé stesso steso a terra contro le mattonelle di un bagno della Ridge High School. Quella volta la colpa era stata non reagire agli insulti. La sua passività aveva fatto arrabbiare ancora di più i ragazzi che lo avevano accerchiato e preso in giro. Risultato: il viso tumefatto e un dente rotto. Ma la cosa che gli aveva fatto più male era stato non capire il perché della loro rabbia.

Anche adesso gli insulti c'erano sempre, ma con Aaron accanto era più facile sopportare.

Un gemito soffocato uscì dalle sue labbra e quasi se ne vergognò. Il letto di Aaron sembrava troppo piccolo per contenere tutto il loro amore. Per contenere i loro cuori, pesanti come ancore, trapuntati di curiosità e voglia di amarsi, e in fondo così semplici, come le parole di Aaron in quel momento di follia: «Credo di amarti, George.» Lo disse ridendo.

George posò la tazza azzurra dentro il lavandino e aprì al minimo il getto d'acqua per riempirla. Ryan, con la sua battuta infelice, gli aveva riportato alla mente vecchi ricordi, non tutti piacevoli, ma adesso riusciva a sopportare anche quelli senza problemi. Ne era passato di tempo da quando una frase del genere poteva ferirlo. Eppure, nonostante gli anni trascorsi e i tantissimi cambiamenti avvenuti nella società, il fatto di avere spesso a che fare con atteggiamenti omofobi non smetteva di sorprenderlo, soprattutto se li riscontrava nelle nuove generazioni. Non era arrabbiato con Ryan, era semplicemente deluso dalla leggerezza e, a volte, dall'inconsapevolezza con cui i ragazzi usavano parole che nascondevano posizioni intolleranti e retrograde.

Dalla finestra della cucina guardò la piccola Hayley attraversare il vialetto di casa. Due mani lo cinsero da dietro e sorrise quando sentì la testa del compagno appoggiarsi sulla sua spalla.

«È stata gentile a venire qui, e a perorare la causa della sua amica» disse Aaron riferendosi alla ragazza che ormai aveva raggiunto la strada. George annuì passandosi una mano tra i capelli scuri e disordinati.

«Cosa c'è che non va?» chiese ancora Aaron, vedendo i movimenti tesi del compagno. George insaponò la spugna metà verde e metà gialla, e iniziò a sfregare la tazza. Scosse la testa quando Aaron dietro di lui gli ripeté di nuovo la domanda.

«Il fatto è che la vedo sempre con un ragazzo dell'ultimo anno» rispose a bassa voce, Aaron si scostò da lui mettendosi di fianco al lavello di metallo. Con un gesto lo incitò a parlare.

«E, non lo so, questo tipo gli anni scorsi è stato sospeso perché picchiava le ragazze. Sono preoccupato per lei, è una brava ragazza.»

«Wow» rispose Aaron strabuzzando gli occhi.

«Già, che mi consigli di fare?» chiese George, restando concentrato sulla tazza color pastello.

«Be', non lo so... non fare niente per adesso. Magari lui è cambiato, magari Hayley fa venir fuori la sua parte migliore. Fossi in te, aspetterei a intervenire» disse il biondo tornando in posizione eretta.

George scosse la testa. «Il fatto è che quella ragazza mi sembra troppo piccola e indifesa per una cosa così seria: Non so, forse in lei rivedo me da giovane, forse sto esagerando tutto... ma non sono sereno.»

«È bello che ti preoccupi per lei, qualunque sia la ragione. E poi, professore, è stato *lei* a spiegarmi l'importanza dell'*intuizione estroversa.*» Gli lanciò uno sguardo complice. «Al posto tuo, non ignorerei il mio sesto senso e cercherei un modo per parlarle, magari indirettamente... che so, anche attraverso una lezione. Sono sicuro che troverai il modo.»

George annuì mentre guardava Aaron uscire dalla stanza.

Hayley si scrutò intorno, in quella strada c'era già stata, seduta sul sedile posteriore della moto di Luke.

Si rabbuiò nel ripensare alla sua mano che le colpiva la guancia. Non voleva perdonarlo, ma poi, quando lo aveva visto in camera sua, con quegli occhi azzurri, più liquidi dell'acqua... be', non aveva retto.

Si fermò di scatto quando sentì una voce chiamarla dall'altro lato della strada. Un ragazzo alto agitava un braccio per farsi notare, la maglia rossa gli fasciava il busto magro. Hayley si irrigidì, Axel era di fianco al cartello con la scritta DIESEL contornata di blu e sorrideva.

Luke non voleva che lei gli rivolgesse la parola, Hayley lo

sapeva, ma ciononostante scese dal marciapiede e andò verso il ragazzo che le stava sorridendo.

«Ciao Axel.»

«Ehi, Hayley, mi fa piacere vederti.»

Lei si guardò intorno preoccupata. *'Non devi più parlare con lui!'* Le parole di Luke la tormentavano. Non intendeva accettare quello stupido divieto, però sapeva che a Luke bastava poco per perdere la testa e, per una ragione che lei non conosceva, sembrava avercela sul serio con quel ragazzo.

«Hayley, mi stai ascoltando?»

La ragazza scosse la testa imbarazzata.

«Dicevo: ti lascio il mio numero di telefono, nel caso avessi bisogno di qualcosa, o anche solo ti venisse voglia di fare quattro chiacchiere.» Le porse un bigliettino con dei numeri scarabocchiati a penna.

Lei sorrise, sentendo le guance avvampare, e lo infilò in tasca.

«Come mai Luke non è con te?»

Hayley alzò le spalle.

«Strano» commentò il ragazzo prima di darle le spalle e avvicinarsi al distributore.

«Perché?» chiese lei curiosa.

Axel stette in silenzio per qualche istante poi spiegò: «Di solito non lascia mai le sue ragazze sole, nemmeno per un secondo.» Concluse la frase con una risata nervosa.

Hayley si passò una mano tra i capelli, confusa. «Come fai a saperlo? Lo conosci?»

Axel la guardò stranito. «*Lui* non te l'ha detto?»

«Cosa?»

«Ci conosciamo da sempre.» Axel guardò davanti a sé, pensando ai vecchi tempi. Hayley aveva gli occhi sbarrati e lui se ne accorse. «Da piccoli vivevamo entrambi in Australia e le nostre famiglie si frequentavano. Poi, quando ero ancora un adolescente, per varie vicissitudini, ho deciso di vivere nel Maryland, e cinque anni dopo anche la famiglia di Luke si è trasferita a Baltimora per il lavoro del padre. Luke era molto diverso, una volta» ammise.

Hayley si portò una mano davanti alla bocca. Mille domande si affollarono nella sua testa: Luke era australiano? Conosceva Axel? Quante altre cose non le aveva detto? «In che senso?» riuscì solo a chiedere.

«Da quando è morto suo fratello, tre anni fa, non è più lo stesso. Jeremy era il mio migliore amico, io frequentavo sempre la loro casa. Ma dopo l'incidente, Luke non mi ha più parlato» disse a bassa voce.

Hayley chiuse gli occhi, ora ne era certa: Luke le aveva nascosto praticamente tutto.

Le forchette d'argento tintinnavano leggere contro la ceramica, Hayley guardava il suo cibo mentre sentiva le voci di sua madre e sua sorella chiacchierare. Era la prima volta dopo mesi che cenavano tutte e tre insieme, ma lei era troppo impegnata a pensare a lui. A Luke, al suo passato e a ciò che nascondeva. Dopo aver parlato con Axel, per lei Luke era diventato ancora più misterioso e irraggiungibile mentalmente.

«Vostro padre oggi ha chiamato»

Hayley alzò la testa per guardare la madre mentre Evie posava con forza il bicchiere sul tavolo. «Cosa voleva quello stronzo?» chiese quest'ultima acida.

«Evie, è sempre tuo padre» la riprese la madre.

«Come fai a chiamare padre un uomo che ci ha abbandonate appena ne ha avuto l'occasione?»

«Adesso basta!» disse la donna guardando in cagnesco la figlia maggiore che sbuffò incrociando le braccia al petto. «Comunque,» continuò calma «avrebbe piacere che trascorreste le vacanze estive da lui.»

«Se lo può scordare!» disse Evie facendo strusciare le gambe della sedia contro il pavimento.

La donna appoggiò i gomiti sul tavolo e si passò le mani sul viso stanco. «Hayley.»

La ragazza aprì le palpebre e fissò la madre: la stanchezza la stava mangiando dall'interno.

«Tu ci andrai, vero? L'aria dell'Inghilterra potrebbe farti bene.»

La figlia minore la guardò per alcuni istanti, poi, senza dire una parola, si alzò da tavola e andò in camera sua.

Quando chiuse la porta e guardò verso il letto, si portò una mano sul petto. «Potresti anche usare la porta» sputò verso il ragazzo che, steso sul materasso, giocherellava con la collana che le aveva rubato qualche settimana prima.

«Dove sei stata oggi pomeriggio?» le chiese.

Lei rimase in silenzio aprendo il primo cassetto della cassettiera, non voleva guardarlo e non poteva rispondergli.

Si spaventò quando sentì i fianchi di Luke contro i suoi spingerla da dietro facendole chiudere il cassetto. Portò le mani sul ripiano per reggersi mentre sentiva le dita di lui spostarle i capelli su una spalla solo per avere più pelle a disposizione per i suoi baci. Chiuse gli occhi quando la bocca di Luke le sfiorò il punto più sensibile dietro l'orecchio.

«Ti ho chiesto dove sei stata» ordinò.

«Non devi sapere tutto di me» ringhiò la ragazza arrabbiata. Lui la prese per i fianchi girandola così da guardarla in faccia.

«Non farmi incazzare. Dimmi dove sei stata.»

«Perché dovrei? Tu non mi dici niente di te. E non sono di tua proprietà.» Lo spintonò.

Il ragazzo si accigliò, i loro nasi si sfiorarono.

«Cosa sai?» le chiese.

Hayley chiuse gli occhi e lasciò che le parole uscissero per conto loro. «So che conoscevi Axel, so che vieni dall'Australia, so che...» Si fermò, non poteva farlo soffrire ancora. Si agitò quando Luke la incominciò a strattonare per le braccia. La sbatté contro il mobile.

«Dillo, cosa sai?»

Lo guardò dritto negli occhi. «So che tuo fratello è morto. Il ragazzo della foto era lui, vero?»

A quelle parole, Luke indietreggiò; sentirselo dire faceva ancora male. Troppo.

Si avvicinò di nuovo ad Hayley, la afferrò con forza e la scaraventò sul letto. Si mise a cavalcioni sopra di lei tenendola per i polsi. «Non devi più parlare di lui» sibilò.

«Dimmelo, Luke, parlamene.»

Lui scosse la testa, era arrabbiato ma anche ferito. Abbassò il busto per andarle più vicino. «Non capiresti.»

«Non lo sai, questo non lo sai» disse lei prima di cercare di liberarsi.

Frustrato, Luke iniziò a passarsi le mani sul viso come per strapparselo. Hayley lo guardava in silenzio non sapendo cosa fare.

«L'ho ucciso io» sussurrò lui con le lacrime agli occhi. «L'ho ucciso io, Hayley!» ripeté lasciandosi completamente andare.

23

STOCKHOLM SYNDROME

Luke si accasciò sul pavimento portandosi le ginocchia al petto; tutto intorno a lui stava come scomparendo. La voce di Hayley era un sussurro mentre i suoi occhi diventavano più opachi. Stava affondando in quelle acque già esplorate, in quelle emozioni già provate lasciandosi cadere come pioggia. Leggero e invisibile.

Fece due bracciate e, dopo aver spinto con i piedi tesi, uscì con la testa dall'acqua. Rise mentre cercava di spostarsi i capelli chiari e bagnati dalla fronte. Poteva vedere la figura slanciata e abbronzata di Jeremy guardarlo dallo scoglio su cui era seduto da più di dieci minuti.

«JJ vieni, su! Il mare è agitato ma l'acqua non è tanto fredda!» urlò Luke sbracciandosi. Osservò Jeremy alzarsi dalla roccia e fargli segno di aspettare. Aveva sempre visto il fratello maggiore come un padre, un modello da cui prendere spunto. Jeremy guardò la distesa d'acqua davanti a lui storcendo il naso.

Luke fece leva con le braccia su uno scoglio per uscire dall'acqua, la corrente era forte, ma lui non aveva paura della forza dell'oceano, anzi gli piaceva. «Non ti hanno insegnato a nuotare all'accademia?» chiese con ironia. Rise facendo spuntare la fossetta sulla guancia destra. Aveva il costume blu appiccicato alle sue gambe magre; le goccioline che cadevano sulla pietra grigia formavano delle chiazze più scure.

Jeremy lo fulminò con lo sguardo e scosse la testa. L'acqua per lui era sempre stata una faccenda delicata, e all'accademia era un grosso problema non saper nuotare. Ma lui lo avrebbe superato, prima o poi.

Si avvicinò al fratello e gli prese il labbro inferiore tra indice e pollice tirandoglielo.

«Cosa stai facendo?» protestò Luke mentre guardava il fratello osservare il proprio labbro.

«Sai, Lukey, ti starebbe bene un piercing al labbro» constatò Jeremy lasciando la presa per poi passarsi la mano sopra il tatuaggio sulla spalla sinistra. Era semplice: tre letterine messe in fila. L'aveva fatto un anno prima, il giorno in cui erano nate le gemelle. Luke se lo ricordava bene, perché lo aveva accompagnato lui stesso. Ricordava alla perfezione quel posto puzzolente di candeggina e i mille album che aveva sfogliato mentre suo fratello parlava con il tatuatore.

Si sporse più avanti per guardare Jeremy, stava ripassando con i polpastrelli le lettere: L, M e Z scritte in corsivo.

«Ora che vado via devi prenderti cura delle gemelle. Lo farai per me?» Era così fiero del suo fratellino e lo sarebbe stato anche delle sorelle, se solo le avesse viste crescere...

Luke annuì e Jeremy gli scompigliò i capelli. Quindi si girò e iniziò a saltellare sugli scogli.

«Che fai?» chiese Luke ridendo.

«Bruciano, genio» rispose Jeremy.

Giocarono a rincorrersi sotto un sole splendente. Saltando agile da uno scoglio all'altro, Jeremy riuscì a distanziare il fratello di alcuni metri. Luke gli andava dietro a fatica.

«Non ti hanno insegnato a correre all'high school?» chiese Jeremy ironico, parafrasandolo e imitando la sua voce.

Luke rise chiudendo gli occhi accecati dal sole. Fu solo un attimo, il tempo di un battito di ciglia... Quando li riaprì, la prima cosa che vide fu il corpo del fratello cadere nell'oceano.

Due mani gli presero il viso.

«Luke.»

La voce rotta di Hayley era un sussurro nell'uragano della sua testa.

Lei guardava i suoi occhi di ghiaccio fissarla con disperazione. Luke le aveva appena raccontato l'evento più catastrofico della sua vita.

«È stata colpa mia!» ringhiò lui tra le lacrime.

Hayley gemette quando si sentì stringere i polsi fragili. Scosse la testa cercando di mantenere la calma. «Non hai nessuna colpa, Luke.»

Lui la strinse di più facendole male. «Te ne andrai anche tu.»

«Perché dovrei?» Hayley non capiva.

«Ti stancherai di me e te ne andrai» disse rabbioso alzandosi e trascinandola dietro di sé.

«No, Luke, no» sussurrò lei.

Era impazzito, i suoi demoni avevano prevalso sulla parte razionale mandandolo fuori di testa. I suoi occhi erano sempre più cupi mentre Hayley cercava di liberarsi.

«Non me ne andrò, Luke, te lo prometto.»

«Non promettere» sussurrò lui.

Hayley posò le mani ai lati del suo viso e si avvicinò. Lo baciò con tutta la disperazione che aveva dentro, e mentre le loro bocche si scontravano vogliose, Hayley ebbe la certezza che Luke era di nuovo con lei in quella stanza.

Ryan le passò una mano sulla schiena prima di aprire il libro di psicologia. Hayley, dopo averle raccontato di Luke, non aveva più detto una sola parola, come se confidarsi con l'amica, invece di alleggerirla, avesse avuto l'effetto di incupirla di più.

«Oggi parleremo del condizionamento.»

Il professor David si rigirava tra le dita il gessetto spezzato mentre passava in rassegna i volti degli alunni, uno per uno. Voleva osservare i loro occhi, le loro espressioni, soprattutto quella di Hayley lo incuriosì. Era come *assente*, pur tenendo lo sguardo fisso su di lui, sembrava essere altrove.

«Non è quando apprendiamo un comportamento?» chiese una voce maschile dalle prime file.

Il professore si girò verso la lavagna e si mise a scrivere con una calligrafia perfetta.

Hayley alzò la testa dal banco come se l'avessero chiamata, d'un tratto la guancia colpita da Luke aveva iniziato a farle di nuovo male. Corrugò la fronte, per la prima volta pensò di essere pazza.

George spalancò con furia la porta di casa. «Aaron, ho avuto un'idea!»

Il compagno tirò fuori la mano dal pacchetto di patatine e si girò verso di lui. «Parlarne in classe non ha funzionato?»

«Be', è presto per dirlo...» rispose George, togliendogli il pacchetto di patatine dalle mani «ma, per velocizzare i tempi, ho pensato che sarebbe utile far venire in classe uno psicologo, e organizzare una seduta per ogni studente, perché provino un'esperienza nuova.»

George sembrava entusiasta mentre Aaron lo guardava con occhi neutri, voleva solo riavere indietro le sue patatine. Cercò di allungare un braccio per riprenderle, ma George fece un passo indietro.

«Se le rivuoi indietro tutte intere, devi farmi un favore...» Il suo tono era smielato.

Aaron scosse la testa. «Scordatelo, io non vengo a fare le sedute» disse ridendo.

George fece una smorfia. «Fallo in nome della psicologia» lo pregò, lanciando il pacchetto sul tavolino di legno accanto al divano.

Aaron incrociò le braccia al petto, piegò la testa di lato e osservò il sorriso di George allargarsi sempre di più sul suo volto. «Lo so che lo farai» disse quest'ultimo con voce allegra e squillante.

Aaron lo guardò andare via mentre si portava alle labbra sorridenti una patatina.

Si conoscevano troppo bene a vicenda, e Aaron sapeva che senza il suo aiuto George avrebbe rischiato il burn-out. Non sarebbe stata la prima volta.

Appena Hayley entrò in casa, sentì distintamente sua sorella piangere nel salotto. Evie si affezionava troppo alle persone e le diceva da un po' di giorni che sarebbe voluta diventare menefreghista e insensibile. Ma, in realtà, non poteva immaginare cosa volesse dire davvero stare dall'altra parte, dalla parte delle persone senza emozioni come Hayley. Lei ci aveva messo un po' ad ammetterlo ma la verità era quella.

Aveva sempre pensato che starsene da sola, rinchiusa nel proprio mondo, avesse i suoi vantaggi, finché non aveva incontrato Luke e qualcosa era cambiato. Le sue certezze erano crollate... e adesso per Hayley era frustrante sentire Evie piangere. A differenza sua, la sorella provava sentimenti, cercava di vivere invece che accontentarsi di sopravvivere.

Hayley avrebbe voluto avere la sua stessa forza. Non sapeva se ce l'avrebbe fatta, se avrebbe resistito al sentimento che le iniettava Luke. Eppure, nonostante questo, continuava a immaginare un futuro oscuro con lui.

E non sapeva che, dall'altra parte di Baltimora, Luke stava pensando la stessa cosa, accecato dalla paura e pieno di illusioni.

Perché, lo sanno tutti, le persone come loro vivevano solo di immaginazione e speranze.

24

HEARTLESS

Hayley si fece scivolare i capelli davanti al viso mentre, seduta accanto alla porta di un'aula, aspettava il suo turno. Una sua compagna uscì, un'altra entrò e solo in quel momento si accorse che dopo sarebbe toccato a lei. Questa storia di dover parlare di sé con un perfetto sconosciuto proprio non le andava giù. Le piaceva studiare psicologia, ma una cosa erano le teorie lette sui libri, un'altra la loro applicazione pratica.

Sorrise all'immagine del professor David... Era così eccitato quando aveva comunicato alla classe il suo progetto di sedute individuali con un counselor scolastico.

Prese tra indice e pollice una ciocca di capelli e iniziò a giocherellarci distrattamente finché, a un tratto, fu attraversata da un brivido.

Si guardò intorno. Il rumore del suo cuore che sbatteva contro la gabbia toracica le risuonava nelle orecchie.

I suoi occhi azzurri guizzarono da una parte all'altra del corridoio, finché misero a fuoco due Converse nere che avanzavano sul pavimento.

Luke si fermò a diversi metri da lei, incrociando i piedi e appoggiandosi alla parete del corridoio con la spalla. Tendeva le labbra in un sorriso pigro. Gli occhi chiari la stavano guardando.

Un altro battito.

Hayley fece per andargli incontro ma il ragazzo si portò subito l'indice teso davanti alla bocca.

Lei annuì prima di essere spinta nell'aula del counseling da un compagno.

Una finestra illuminava tutta la piccola stanza, arredata con un grande tavolo e vari scaffali. Sulla parete di fronte alla porta, un uomo le dava le spalle, mentre aveva la testa china su un fascicolo di fogli.

«Come si chiama?»

Nel sentire quella voce squillante Hayley sussultò. Strinse gli occhi cercando di ricordare dove l'avesse già sentita.

«Hayley, Hayley Cohen» rispose sedendosi.

Lo psicologo si girò verso di lei con un sorriso espansivo. «Lei è la ragazza che è venuta a casa mia.»

«Sì... sono io.» Hayley riconobbe in quell'uomo il compagno del professor David, e ricambiò timidamente il sorriso.

«Allora, Hayley,» disse Aaron sedendosi di fronte a lei e prendendo una biro e un taccuino «mi racconti di lei.»

Hayley rimase in silenzio, a osservare lo psicologo che guardava il foglio giallo a righe senza alzare il capo.

«Sono inglese... sono nata a Londra. Io, mia madre e mia sorella ci siamo trasferite qui a Baltimora dopo il divorzio dei miei. Mio padre vive ancora là.»

Aaron annuì segnando le cose sul foglio.

«C'è qualcosa che la preoccupa?» chiese continuando a guardare il foglio, sembrava avesse paura di guardare Hayley.

Lei rimase in silenzio, c'erano tante cose che la preoccupavano ma non voleva raccontarle a un estraneo.

«Le cose che mi dirà non usciranno da questa stanza. Segreto professionale» la rassicurò.

Quelle semplici parole ebbero l'effetto di tranquillizzarla. Hayley infilò le mani tra le gambe e la sedia, fece un respiro profondo e disse tutto d'un fiato: «Be', io... ho conosciuto un ragazzo, cioè, lui ha voluto conoscere me.»

Aaron alzò lo sguardo per la prima volta. Posò il taccuino sul tavolo e osservò la postura di Hayley. Il suo corpo gridava insicurezza da tutte le ossa.

«Lui è... brusco con me, ma a volte ho la sensazione di piacergli» disse quasi tra sé e sé. Si passò una mano tra i capelli.

«In che senso *brusco*?» domandò Aaron, intrecciando le mani sopra la scrivania.

Lei serrò le labbra.

«La picchia?»

«No, no» rispose Hayley scuotendo il capo. Non aveva mai alzato le mani su di lei, o meglio non con l'intenzione di farle del male, lo sapeva. Anche lo schiaffo che le aveva dato era destinato a Crystal, non a lei.

«E allora, cos'è che la turba?»

Hayley guardò Aaron, i suoi occhi erano esattamente come se li ricordava. Neri.

«Ho paura» rispose respirando pesantemente. Distolse lo sguardo e abbassò il capo.

«Paura di cosa?» Aaron corrugò la fronte.

«Che lui stia solo giocando.»

Hayley si chiuse la porta alle spalle e cercò Luke con lo sguardo. I suoi compagni erano ancora in fila. Era uscita da quella stanza più leggera, con Aaron aveva parlato di molte cose: di come l'indifferenza di sua madre la facesse soffrire, di come la mancanza di un padre non la toccasse minimamente, di cosa provasse stando accanto a quel ragazzo *senza cuore* che adesso la guardava dall'altro capo del corridoio.

Si avvicinò a lui sapendo di avere puntati su di sé gli occhi dei compagni. Quando fu a una distanza minima, sollevò le mani verso il viso di Luke, si alzò in punta di piedi e premette le labbra contro le sue.

Dopo qualche secondo lui la prese per i fianchi stringendola. «Come mai questo caloroso buongiorno?» chiese il ragazzo sorpreso e un po' imbarazzato.

Lei gli sfiorò il labbro inferiore, rabbrividendo nel sentire il ferro del piercing. «Mi piaci» sussurrò in un filo di voce. Era tanto tempo che voleva dirlo.

«Non hai più paura di me?» domandò, come se la cosa lo divertisse.

Lei scosse la testa convinta e Luke la prese per mano e la trascinò con sé per i corridoi. Hayley si bloccò quando imboccarono le scale.

«Ho lezione, Luke.» Cercò di sottrarsi alla sua presa forte.

«Fidati di me,» le sussurrò a un centimetro dalle sue labbra «quello che voglio fare io è molto meglio di una lezione su Pitagora.»

Hayley vide gli occhi del ragazzo accendersi come fiammiferi.

I loro passi riecheggiarono negli spogliatoi vuoti. Luke rise prima di richiudere dietro il corpo di Hayley la porta dello sgabuzzino per gli attrezzi.

«Se ci beccano siamo nei casini» biascicò la ragazza. Appoggiò la testa contro la porta dietro di lei quando Luke iniziò a baciarle il collo.

«Non mi importa» rispose lui prendendola di peso e portandola su una pila di materassini.

La fece stendere e si coricò sopra di lei. Puntò i gomiti ai lati del suo viso per gravarle di meno.

Hayley portò le mani fra i capelli corti e biondi di Luke, quando sentì le sue labbra percorrerle il collo, lasciandole piccoli baci fino all'orecchio.

Lui rise sulla sua pelle nivea prima di mordicchiarla lentamente. Lo avrebbe fatto per giorni, notti intere. Il desiderio gli ardeva nel profondo.

«Fammi vedere cosa sai fare, Hay.»

Caleb spalancò la bocca e prese Ryan per un braccio.

«Non puoi!» le disse stringendola. Il corridoio del secondo piano era deserto.

«Voglio, Caleb, anzi devo dirglielo» rispose lei decisa, era stanca di dire bugie.

Hayley doveva sapere.

«No, non adesso, non adesso che...» Si bloccò scuotendo la testa.

Ryan si accigliò. «Non adesso che...» lo incitò assumendo un tono basso e dolce.

Lui aprì gli occhi sospirando nervosamente. «Non adesso che lui è di nuovo felice. Ryan, io lo vedo, so che da quando c'è lei si comporta in modo diverso. Sembra più tranquillo» spiegò passandosi una mano sul volto.

Ryan guardò gli armadietti, non sapendo esattamente cosa dire.

«Io avrei voluto che qualcuno mi dicesse cos'era lo Yell. E Hayley ha questa opportunità.»

Caleb scosse la testa. «Devi aspettare. Luke vuole dirglielo e non vuole neanche più portarla, forse» cercò di convincerla.

Alle parole di Caleb, Ryan si distanziò. «Non vuole più portarla perché...»

«Perché... perché sì» disse lui quasi in imbarazzo. Poi aggiunse: «Forse Luke Holland si sta innamorando.»

25

ASHEN

«Eh sì, George, ancora una volta avevi ragione» disse Aaron ad alta voce, lasciando cadere un fascicolo giallo sul tavolo della cucina.

La luce era forte, segno che non erano ancora scoccate le due del pomeriggio. Era uscito di scuola in fretta ed era subito tornato a casa. Sapeva di sbagliare violando il segreto professionale, ma non poteva nascondere a George tutto quello che Hayley gli aveva detto. Lui gli aveva chiesto di parlare con quella ragazza, e adesso era ovvio che volesse sapere.

«Come al solito, non posso che confermare le tue intuizioni. La signorina Cohen vive una profonda angoscia» continuò incrociando le braccia al petto.

George lo guardò per poi abbassare lo sguardo sulle proprie mani. «Cos'hai scoperto?» chiese titubante.

«Allora,» disse Aaron prendendo un respiro «una madre assente, troppo concentrata su sé stessa e impegnata a rivivere la giovinezza perduta, un padre lontano che si è rifatto una vita e una famiglia a migliaia di chilometri da lei, una sorella perfetta e nella percezione di Hayley irraggiungibile. E a scuola la situazione non è certo migliore: la signorina Cohen non ha mai avuto amici ed è stata vittima di episodi di bullismo ed emarginazione. Tuttavia, e questa è la nota positiva, pare che qualcosa stia cambiando... Hayley sta cominciando a stringere dei legami affettivi: con la signorina Greenver, come sappiamo, e con questo ragazzo di cui mi parlavi, un certo Luke, di cui sembra innamorata. È una novità importante, inutile dirlo, ma la dinamica di questo rapporto non mi è chiara... Come tu temevi c'è qualcosa che non quadra.»

Si fermò un secondo passandosi una mano tra i capelli, abbassò la voce.

«Per quanto ha detto Hayley, questo ragazzo la tratterebbe in modo 'brusco'. Lei ha usato proprio questo termine. Quando però le ho chiesto di descrivermi meglio il comportamento di lui e dirmi cosa la turbasse... be', ha abilmente tergiversato. A suo dire, Luke non avrebbe mai alzato le mani su di lei, ma ho avuto la sensazione che non dicesse tutta la verità. Non so cosa pensare.»

George si alzò dalla sedia guardando il giardino attraverso la finestra della cucina. Marzo era alle porte, e a Baltimora stava timidamente sbocciando la primavera. Quella luce dava un colore più caldo alla casa, schiarendo la tappezzeria e facendola quasi sembrare bianca.

Sospirò. «Quindi, quello che prova per lui è?»

Aaron scosse la testa. «Non so come descriverlo, ma neanche lei credo che lo sappia.»

George annuì. L'ultima cosa lo preoccupava più di tutte.

«Dalle poche cose che mi ha raccontato, ho la sensazione che questo Luke sia un ragazzo problematico. Aggressivo, geloso, depresso: dalla descrizione sommaria fatta da Hayley viene fuori questo profilo. Ma non posso dire di più.»

George sospirò frustrato, giocando con l'angolo del fascicolo appoggiato sul tavolo. «Quella ragazza rischia di farsi male.»

Luke chiuse gli occhi tirandola verso di sé contro il materassino blu. Quando Hayley gli passò le mani sulla schiena, accarezzandolo, si irrigidì fermandole le braccia.

«No, non farlo» disse duro.

«Cosa?» chiese lei innocentemente.

«Scusa, è che non sono abituato a essere toccato in questo modo.» Sembrava a disagio, imbarazzato.

Hayley non capiva, lo aveva soltanto accarezzato... ma per Luke, forse, era qualcosa di più, un gesto gentile, di quelli che lui non aveva mai assaporato.

Ogni volta che le mani di Hayley lo toccavano si sentiva quasi... debole. Il suo tocco lo affievoliva, gli risucchiava le energie, lo calmava al punto che aveva la sensazione che, se avesse chiuso gli occhi, avrebbe potuto dormire per giorni. E, per uno come lui, trovare qualcosa che lo calmasse era davvero difficile. Però con Hayley ci era riuscito, aveva trovato quella pace che, inconsciamente, cercava da tempo.

Quella pace, adesso, aveva gli occhi puntati su di lui, grandi e lucidi. Luke aveva paura di spezzarla, di abbatterla, sapeva che avrebbe potuto farlo in un secondo, con poche parole, pochi gesti. Avrebbe potuto distruggere tutto, e non voleva.

Hayley gli passò una mano tra i capelli e premette le labbra contro la sua fronte. Lui sorrise e la fossetta sulla guancia non tardò ad arrivare. Stava sudando, la troppa vicinanza con Hayley gli faceva salire la temperatura alle stelle.

Cercò di nuovo la sua bocca e la catturò in un bacio appassionato, ma il suono della campanella li fece staccare. Si alzarono velocemente dal materassino e uscirono furtivamente dalla palestra. Una volta nei corridoi iniziarono a correre, sperando di non essere visti da nessuno. Ridevano, Luke teneva per mano Hayley e la trascinava come se fosse una piuma. Uscirono dalla scuola e, mano nella mano, attraversarono il cortile affollato di persone. Quelle persone che ora non contavano più nulla.

Hayley si avvicinò a Ryan e si stupì quando vide Caleb dietro di lei. Erano in piedi uno accanto all'altra, i loro sguardi erano complici. Caleb si spostò di qualche passo, tenendo le distanze da Ryan.

«Tu che ci fa qui?» chiese Hayley quasi spaventata, rivolgendosi al ragazzo.

«Niente, se ne stava andando» disse Ryan facendo un timido sorriso verso Caleb.

Lui lanciò a Luke uno sguardo di intesa e si avvicinò a Ryan.

«A dopo» le sussurrò con malizia, prima di allontanarsi con l'amico.

Quando i due svoltarono l'angolo, Hayley si premette le mani sulle guance che stavano andando a fuoco.

«Ehm.»

Hayley si girò verso l'amica sorridendo. «Che succede?»

Ryan si passò una mano tra i capelli. «Ti va di trascorrere il pomeriggio insieme a casa mia? Così ti faccio conoscere la mia famiglia.»

Hayley annuì. In fondo, cosa poteva andare storto?

26

KNOW

«Mamma, noi andiamo di sopra» disse Ryan.

La signora annuì felice mentre posava nel lavello le tazze del tè che avevano bevuto insieme. Hayley seguì l'amica su per le scale fino alla sua camera da letto.

Era una stanza sui toni del verde, alle pareti erano appese molte foto. Hayley si soffermò a guardarle. Una in particolare le strappò una risata: Ryan aveva un caschetto spettinato e teneva le braccia strette al busto di un ragazzo con il suo stesso colore di capelli.

«È tuo fratello?» chiese voltandosi verso l'amica che si era sdraiata sul letto.

Ryan annuì facendo spuntare sulla guancia destra una fossettina. Anche Luke ce l'aveva. Hayley scosse la testa e si mise a sedere accanto a lei.

«Frequenta l'ultimo anno d'università» rispose Ryan giocando con il bottone dei suoi jeans.

«Cosa vuole fare dopo?» chiese Hayley.

«L'avvocato. È in gamba, determinato e testardo come pochi. È il lavoro giusto per lui.»

Hayley sorrise. Ryan assomigliava molto sia alla madre che al padre, che subito dopo il tè si era congedato per rintanarsi nel suo studio con un giornale sotto il braccio. Erano tutti simpatici, le sarebbe piaciuto conoscere anche il fratello.

«Come si chiama?»

«Dre» rispose Ryan. Un secondo dopo scoppiò a ridere. «Noi siamo la famiglia dai nomi strani» aggiunse, portandosi una mano davanti alla bocca per coprire il sorriso. Con l'altra si accarezzò la spalla facendo scendere di poco la manica della maglia rosa.

Hayley dilatò le pupille. «Cos'è?» chiese sfiorando con un dito la piccola cicatrice rotonda sulla pelle chiara di Ryan.

L'amica si alzò dal letto. Si guardò in giro prima di sospirare rumorosamente.

«Tu non sai cos'è lo Yell, vero?»

Luke chiuse la porta di casa e si sistemò il colletto della giacca di pelle. Si inoltrò nel parco e quando vide Caleb fece un sorriso amaro.

Il ragazzo stava guardando le scritte che avevano inciso sul loro muretto qualche anno prima.

«*'Written in these walls are the stories that I can't explain'*» canticchiò Caleb, citando con un sorriso malinconico una canzone che entrambi amavano.

«Le nostre storie» commentò Luke incrociando le braccia al petto.

«Cosa vuoi fare con lei adesso?»

Luke scosse la testa.

«La consumerò.»

Caleb lo guardò. Adesso gli sembrava di non riconoscerlo. Se provava qualcosa per Hayley, e sapeva che era così, allora perché voleva rovinarla? Perché voleva farla soffrire?

Forse neanche Luke lo sapeva, forse lo faceva solo per riempirsi in qualche modo. Nel modo sbagliato.

«Perché?» chiese Caleb.

Quando vide l'amico fare un passo in avanti si accigliò.

«Perché solo così può sopravvivere con me» rispose Luke.

«E pensi davvero che portarla allo Yell sia il modo migliore?» urlò Caleb esasperato.

Luke rimase in silenzio stringendo in una morsa ferrea la mascella. Non si aspettava un tono di voce così alto.

«Lo sai, *tu lo sai,* che Maxwell la vorrà quando vincerà lo Yell» continuò Caleb, puntandogli contro l'indice.

«E se vincessi io?» disse lui alzando le mani al cielo scuro. Non capiva il comportamento di Caleb. Perché tanto interesse per Hayley? In fin dei conti neanche la conosceva.

La tempesta stava arrivando e Luke era pronto, ma quando Caleb sputò: «Non mi importa di quello che dirai, ma Hayley lo saprà», tutte le sue certezze crollarono.

27

HALF

Ryan guardava fuori dalla finestra, le nuvole stavano arrivando, la tempesta era all'inizio e sapeva che sarebbe finita male. Ma semplicemente non poteva non dirglielo, non poteva guardarla soffrire, voleva aiutarla e aprirle gli occhi. Lei li aveva tenuti chiusi per troppo tempo, incollati tra loro con bugie e tradimenti. Ma ora, che ci vedeva di nuovo, osservava il mondo intorno a sé. Imparava dai propri errori. Come anche Caleb aveva fatto, e come insieme avevano deciso di fare. Per un bene più grande di loro. Per un amore ancora inesistente e per una speranza spezzata alla nascita.

«Ryan» la richiamò Hayley.

Ryan si girò verso il centro della stanza.

«Cosa succede?» chiese ancora confusa. Queste situazioni non sapeva mai come affrontarle.

«Io e Caleb ci siamo conosciuti l'anno scorso» iniziò Ryan, un sorriso amaro le solleticò le labbra mentre guardava Hayley sedersi sul letto a bocca aperta.

«Io uscivo con i ragazzi più grandi, loro mi facevano bere e io non sapevo oppormi o difendermi. Ero persa. A quindici anni nessuno dovrebbe esserlo» continuò.

Posò lo sguardo in basso, a ripescare quei ricordi provava vergogna.

«Era la prima volta che vedevo un ragazzo come lui allo

Yell, sembrava diverso da tutto quello che ci circondava. E lui aveva visto me, e mi aveva avuta, così diventai il suo Yell. Lui mi ha fatto la cicatrice.»

Ryan fece mezzo giro su sé stessa non alzando lo sguardo, non voleva vedere gli occhi di Hayley in quel momento. Si indicò il piccolo cerchio che aveva sulla spalla, poteva ancora sentirlo bruciare.

«È stata un'esperienza bruttissima, che non augurerei a nessuno. Quel maledetto Yell mi ha distrutta.»

Sentì i passi di Hayley farsi più vicini.

«Lo Yell? Cos'è? Di cosa stai parlando?» domandò corrugando la fronte.

Ryan sorrise nervosamente mentre delle lacrime le inumidivano le guance.

«Il gioco dove uno vince e tutti perdono,» inspirò *«dove uno perde e tutti gli altri vincono.»*

Hayley scosse la testa passandosi le mani sul viso straziato. Ryan tornò a parlare.

«I partecipanti scelgono le proprie ragazze, che devono gareggiare con loro. 'Uno vince e tutti perdono', perché solo il primo classificato prende il premio. 'Tutti vincono e uno solo perde', perché solo l'ultimo classificato deve dare per forza il premio al primo. Gli altri possono scegliere.»

Hayley fece un passo indietro, due, tre fino a toccare la porta della camera di Ryan. La luce era sparita e quando l'amica sputò: «Il premio? Le ragazze», Hayley si ritrovò nel mezzo dell'oscurità.

Alzò lo sguardo verso Ryan. «*Lui* voleva portarmi lì, vero?»

Lei la guardò senza dire niente.

«Vero?» urlò esasperata. Si portò una mano sul petto stringendo la stoffa della felpa in un pugno di ferro. «A Luke è sempre piaciuto giocare» sussurrò tra sé. Rendendosi conto della verità che ora le appariva nitida. L'oscurità l'aveva inghiottita e nessuno l'avrebbe più riportata indietro.

Si alzò di scatto aprendo la porta e sbattendola dietro di sé, solo in quel momento Ryan si accorse di quello che aveva fatto.

***

Luke tirò un pugno contro il cemento e urlò quando una goccia d'acqua si depositò sulla sua fronte. La pioggia si fece più fitta.

Urlò più forte verso le nuvole nere sopra di lui mentre un tuono accompagnava il suo dolore.

Il suo sguardo vagava in ogni direzione.

Poi, la vide, occhi più scuri della notte lo guardavano da lontano. Voleva solo quelli. Lei era tutto ciò che desiderava in quel momento. Le corse incontro ma quando la vide fare dei passi indietro si fermò.

«Hayley» disse, quelle lettere uscirono dalle sue labbra come vento. Il modo in cui faceva scivolare la 'L' contro il palato poteva incantare chiunque.

«Mi hai *mentito*» disse lei premendo le mani sul petto bagnato del ragazzo, cercando di fargli male.

Aveva iniziato a piovere.

«Mi hai *usato*!» Lo spinse ancora mentre urlava. «Mi hai *preso in giro*!» Era una furia.

Quando lui cercò di bloccarle i polsi Hayley alzò la mano verso l'alto e gli colpì violentemente la guancia. Luke non disse niente, se lo meritava. Così, stette in silenzio mentre il bruciore scompariva lentamente.

Ma il dolore, quello no, non sarebbe passato così velocemente.

Aveva quasi paura a guardarla negli occhi, era la prima volta che la vedeva così... disperata. Sembrava una pazza, con le ciocche bagnate che si appiccicavano al viso, il trucco sbavato. Stava diluviando.

«Sai cosa? Avevi ragione» sentenziò lei serrando la mascella.

Lui ascoltò, senza dire niente.

Ormai Hayley sapeva tutto.

«Non avrei dovuto fidarmi di te. Mi hai spezzato il cuore, ma non pensavo facesse così male.» La frase sfumò in un sussurro quasi udibile.

Si guardarono per qualche istante, e lui capì che quella sarebbe stata l'ultima volta. Ne aveva la certezza, ma non riusciva a muoversi. La fissò come se volesse registrare ogni dettaglio per ricordarlo.

La sua pelle, che in inverno diventava più rosea, le pieghe che si formavano ai lati delle labbra quando rideva, i sorrisi nascosti dietro la sciarpa di lana, i suoi occhi... Cristo, quel colore che cambiava con il tempo, con l'umore. I suoi capelli, il modo in cui se li sistemava dietro le orecchie. I suoi gemiti leggeri, e quelli che avrebbe potuto fare...

Per la prima volta Luke si accorse di aver *visto* qualcuno. Di averlo osservato e compreso. Lei glielo aveva insegnato involontariamente.

Ma, forse, era troppo tardi.

«Be', se era tutto un gioco, hai vinto. Ma il gioco finisce qui» sputò Hayley.

E un fulmine squarciò il cielo scuro di Baltimora.

28

DEVIL

Londra, aprile 2024

Posai la penna accanto al manoscritto. Il rumore della Bic che sbatteva contro il tavolo di legno ruppe il silenzio calato nella stanza dopo aver riletto ad alta voce l'ultima pagina.

«Poi,» sussurrò lei «è stato il vuoto.»

Alzai la testa verso Hayley; mi guardava con gli occhi velati di lacrime.

«In che senso?» domandai.

Rise amaramente. «Dopo quella sera ho passato un mese nell'oscurità.»

Le feci segno di continuare, presi la biro tra le dita ma subito mi fermò appoggiando la sua mano sulla mia.

«Scusami, Irma, non voglio che tu scriva questa parte della storia» disse accennando un sorriso.

Io annuii, riposando la penna sul tavolo.

«È divertente...»

«Cos'è divertente?» chiesi curiosa.

«Che, nonostante tutto, non volevo che Luke se ne andasse.» Sospirò. «Avrei voluto che in quella strada, sotto quel temporale, mi chiedesse di restare.»

Spostai lo sguardo sulle sue mani. Stava sfregando le dita tra loro. Aveva gli occhi socchiusi, chissà cosa stava immaginando.

«Da quel giorno è stato tutto un susseguirsi di eventi a catena» disse secca. «Quello che provavo era così struggente che a volte dubitavo fosse vero. Il mio dolore era palpabile, concreto.»

Pronunciando quelle parole Hayley sembrava impassibile, come il cielo di Londra quella mattina. Attraverso la tenda della finestra della sua cucina potevo intravedere i tetti delle case tutte uguali. In quella città, eravamo tutti presi dalla monotonia. Camminavamo a testa bassa per evitare nuovi incontri, ci mordevamo la lingua se sentivamo l'istinto di parlare.

Come Hayley in quel momento... Avrebbe voluto parlare ma, probabilmente, non ne aveva la forza.

Baltimora, aprile 2014

Hayley si tappò la bocca per non ridere troppo forte, mentre Axel continuava a fare smorfie ridicole ballando in modo buffo al centro della sala di casa Cohen.

Lui era l'unica cosa che riusciva a distrarla in quel momento. Aveva provato a trovare conforto in Ryan ma lei le ricordava troppe cose. Troppe bugie. Il solo pensiero della sua ex amica ebbe il potere di rattristarla.

Guardò di nuovo il ragazzo che nel frattempo si era accigliato.

«Stai bene?» le domandò premuroso.

Lei annuì veloce andando verso la cucina. Vide la schiena della madre leggermente curvata verso il lavandino. Fu Axel a parlare.

«Signora Cohen, stasera posso portare fuori sua figlia?» Il tono di voce era formale.

Hayley appoggiò una mano sul tavolo per non cadere. Guardava il frigo sperando che quelle parole fossero sbagliate.

«Certo» rispose la donna sorridente.

Hayley sobbalzò quando due braccia forti le cinsero la vita.

«Ti aspetto qui, vai a prepararti» disse a bassa voce.

Lei riuscì solo ad annuire salendo le scale.

Mentre si guardava allo specchio con un vestito tra le mani pensò a quanto tempo avesse sprecato, a quanta energia buttata al vento per rincorrere una cosa irraggiungibile. Ma lei non aveva colpe, se Luke non voleva essere raggiunto non era colpa sua. Frequentando Axel, però, Hayley non stava scappando via da niente. Non stava evitando il dolore, gli apriva le braccia pronta ad accoglierlo ogni sera, sotto le coperte. Quelle stesse coperte che avevano assorbito il profumo di Luke, la sua rabbia. Lei non aveva dimenticato la faccia di quel ragazzo, la sua espressione quel pomeriggio, in quella strada.

Le era sembrato addolorato, quasi disperato, ma Hayley sapeva che non era così. Sapeva che Luke Holland era esattamente come lo descriveva la gente: *pericoloso, nocivo.*

Anche dopo aver scoperto molte cose non belle sul suo passato, Hayley aveva continuato a sperare che qualcosa accadesse e che, non sapeva neanche lei come, le cose cambiassero. Ma ogni volta che lo vedeva in compagnia di una ragazza – e le era capitato spesso – il dolore che sentiva diventava insopportabile. E a scuola Luke, le poche volte che si presentava, faceva in modo di evitarla, non degnandola né di uno sguardo né di un saluto.

Fu così che Hayley andò a cercare Axel, bisognosa di un amico che la sostenesse.

Probabilmente una parte di lei aveva sempre saputo che sarebbe finita in quel modo. Ma anche ripensandoci a distanza di mesi, Hayley continuava a porsi incredula la stessa domanda: *Come può il Diavolo somigliare così tanto a un angelo che sorride?*

29

THE ONLY REASON

Caleb si rilassò contro lo schienale della poltrona. «Lo sai che Ryan ha fatto la cosa giusta.» Chiuse gli occhi per qualche secondo.

«Se la vuoi ancora viva, ti conviene tenerla lontano da me per un po'» sbottò Luke irritato, incrociando le braccia sotto la testa.

Caleb si alzò dalla poltrona e si avvicinò al letto su cui era steso l'amico, intento a fissare il soffitto.

I suoi occhi azzurri erano arrossati e vacui. Ultimamente sembrava indifferente a tutto, Caleb avrebbe scommesso che non sapesse neanche che giorno era. Passava la maggior parte delle giornate in quel letto, nella penombra o al buio, a non fare praticamente niente.

«Come faceva a farmi sentire bene?» biascicò a un tratto Luke. «Così bene da farmi star male?»

«Ti eri mai sentito così?» gli domandò Caleb, incrociando le braccia al petto.

«Mai.» Luke lo guardò per un secondo e deglutì a fatica. «Quando chiudo gli occhi e cerco di dormire, cado a pezzi. Trovo difficile anche respirare. Io...» Sentiva il fiato lasciargli la trachea mentre i polmoni pregavano per un po' d'aria. Si massaggiò il collo cercando le parole. «Io non so cosa mi stia succedendo.» Lei è la ragione, l'unica ragione, pensò tra sé fissando il vuoto.

Caleb si accigliò. Non l'aveva mai visto ridotto in quello stato.

«E tu, hai mai provato qualcosa di simile?» gli domandò Luke.

Caleb annuì. «Credo di sì, ma...» Lasciò la frase in sospeso, come se ci fosse qualcosa di più profondo.

Luke annuì, non riusciva a dire niente.

«Dovresti fare qualcosa» concluse Caleb.

«Tipo?»

«Tipo smettere di farti ogni ragazza che incontri, darti una sistemata...» consigliò.

Luke rise. «Non cambierò certo per una *ragazzina.*»

Caleb scosse la testa divertito, gli era sempre piaciuto il modo in cui l'amico passava da un apice all'altro di un sentimento. Dall'odio all'amore in un istante. Dalla tristezza alla felicità in un passo.

Caleb gli diede le spalle e si diresse verso la porta. «Allora resterai senza *ragazzina.*»

Diede una sistemata ai lacci delle scarpe prima di bussare alla porta. Una bambina sugli otto anni sorrise nel vederla. «Ryan?!» esclamò incredula.

«Ciao Joenelle.» Le si avvicinò per abbracciarla forte.

«Cosa ci fai qui?» domandò la bambina.

Ryan sorrise. «Sono venuta per tuo fratello, è in casa?»

Joenelle annuì, spostandosi di lato e indicando le scale.

Mentre saliva al piano superiore, Ryan osservò le foto appese alle pareti. Caleb aveva sempre avuto un buon rapporto con i genitori e con le sorelle, la sua era una famiglia felice, e quelle immagini, che lei conosceva bene, non facevano che sottolinearlo.

Tornare in quella casa, risalire quelle scale provocò in Ryan una piacevole scarica di adrenalina. Era felice di aver recuperato il rapporto con Caleb. Lui riusciva a farle provare sensazioni fortissime. Nonostante gli errori commessi, nonostante il male che le aveva fatto, lui la conosceva come nessun altro.

Ryan aprì lentamente la porta della camera di Caleb e con cautela si intrufolò dentro. La tv era accesa e la tapparella era completamente abbassata. Caleb era steso sul letto a occhi chiusi. Ryan si avvicinò e si sdraiò di fianco a lui, non voleva svegliarlo ma quando si sentì prendere dai fianchi capì che era troppo tardi.

Caleb avanzò verso di lei cercando le sue labbra. Quando finalmente le trovò sorrise tenendo ancora gli occhi chiusi.

Iniziò a cantare a bassa voce. «*These are the things, the things we lost. The things we lost in the fire fire fire. These are the things, the things we lost. The things we lost in the fire fire fire.*»

Era da tanto che non cantava per lei. Ryan premette di nuovo le labbra contro le sue mentre la mano del ragazzo le percorreva il corpo minuto provocandole brividi. Poi con un colpo secco Caleb le sbottonò i jeans e Ryan si irrigidì.

«Non preoccuparti, non devi avere paura» sussurrò lui.

Solo allora Caleb aprì le palpebre e vide la sicurezza farsi spazio negli occhi della ragazza. Un cenno del capo, e Caleb sorrise.

Ryan portò le mani tra i capelli scuri del ragazzo che si era posizionato sopra di lei. Le loro bocche si incontrarono bramose, mentre si spogliavano di ogni vestito e insicurezza. Caleb ricoprì di baci ogni millimetro del suo corpo, continuando a sussurrarle quella dolce canzone sulla pelle nuda, sul ventre, sul petto. Il corpo di Ryan era pieno di lui.

In quella stanza buia lei non desiderava altro. Tirò i capelli di Caleb per riportarlo davanti a sé. Il tintinnio della cintura del ragazzo fu come un campanello che lei non sentì.

Ryan respirò guardandolo. Il petto ambrato di Caleb era madido, i suoi muscoli contratti a forza di trattenersi. Lei gli sfiorò con le dita un piccolo tatuaggio sulla spalla destra. Una data gli scalfiva la pelle di un nero più scuro dei suoi occhi. Deglutì mentre il ragazzo aveva fatto sparire ogni intralcio che ostacolava il suo desiderio.

«Caleb» lo chiamò.

Lui scosse la testa. «Sssh, è tutto perfetto, non dire niente» la zittì.

Caleb continuò a cantare contro le sue labbra, mentre i loro corpi si fondevano l'uno nell'altro.

«These are the things, the things we lost. The things we lost in the fire fire fire. These are the things, the thing we lost. The things we lost in the fire fire fire.»

30

LOVE STRUCK

Hayley chiuse l'armadietto rumorosamente prima di salutare Ryan.

Era strano guardarla e pensare che fosse una persona completamente diversa da come Hayley l'aveva immaginata. Ancora non riusciva ad accettare che le avesse nascosto così tante cose di sé e del suo passato... La maggior parte delle persone che Hayley aveva incontrato nella sua vita l'aveva in qualche modo ingannata. E, sebbene non fosse l'unica, Luke era sicuramente la ferita che le faceva più male... Lei stava cercando con tutte le sue forze di dimenticarlo, di andare avanti, ma lui non l'aiutava.

Anche se ostentava indifferenza, in realtà Luke continuava a osservarla, a non perderla mai di vista. Ogni volta che lei camminava per i corridoi o in strada, di ritorno a casa dalla scuola, sentiva lo sguardo di Luke su di sé. I suoi occhi azzurri la scrutavano insistentemente da lontano. Hayley faceva finta di niente, ma lo sapeva.

Mise lo zaino a righe in spalla e si diresse verso l'uscita. Maggio era ormai alle porte e l'aria era piena di pollini. Mentre osservava quei batuffoli bianchi volteggiare leggeri, trasportati dal caldo vento primaverile, vide Axel.

Era appoggiato alla ringhiera accanto al cancello e si guardava le punte delle scarpe. La ragazza sorrise con malinconia e dopo qualche passo si rifugiò nel suo abbraccio.

***

Dall'altra parte del cortile, Luke si morse il labbro a forza di stuzzicare il piercing che gli forava il labbro, mentre osservava Hayley stretta tra le braccia di un altro.

Fastidio.

Alterazione.

Rabbia.

Caleb era appena uscito dalla scuola. Ci avrebbe messo almeno un minuto per farsi largo tra la folla e arrivare vicino a Luke ma lui in trenta secondi poteva attraversare il cortile e aggredire Axel, nessuno poteva fermarlo. Nessuno poteva spegnere il fuoco che gli ardeva dentro. Sentiva la rabbia solleticargli la pianta dei piedi. Gli occhi erano fissi sulle due figure abbracciate. Questo era troppo. Ora non gli importava di niente. Voleva solo levare quelle mani sporche dal corpo di Hayley e portarla via con sé.

Sospirò.

Una mano calda gli coprì la spalla e per qualche secondo Luke distolse lo sguardo da Hayley.

«Tutto okay?» La voce di Caleb era tesa. Riportò la mano lungo il fianco aggrottando la fronte. Schiuse le labbra quando comprese l'oggetto del suo interesse. «Lukey...»

Doveva farlo ragionare.

Luke alzò una mano facendogli segno di fermarsi. «Non dire una parola» gli biascicò soffocando la rabbia. Poi riportò l'attenzione sulla coppia ed emise un grugnito nel vedere Axel posare le labbra sulla guancia bianca di Hayley.

No, la *sua* guancia. La *sua* pelle, quella pelle che nessun altro prima di lui aveva toccato.

Luke aveva i pugni stretti, le nocche bianche evidenziavano le vene bluastre.

«Io lo uccido.»

I suoi piedi si mossero da soli, prima ancora che il cervello potesse prendere una qualunque decisione.

Gli mancò il fiato quando Hayley lo guardò, impaurita.

Tutto avvenne troppo velocemente: lei cercò di tirare Axel

per una manica della felpa grigia, ma si ritrovò a terra mentre lui si portava una mano sulla guancia. Accecato dalla rabbia, Luke lo colpì ancora, fino a farlo cadere a terra.

Poi si piegò su di lui e lo afferrò per il colletto. «Io ti ammazzo, cazzo» sputò amaro contro il suo viso arrossato e sanguinante. Voleva vederlo soffrire. Vedere il suo sangue sulle proprie nocche. Colpì ancora e non si preoccupò quando non sentì più le braccia di Axel cercare di respingerlo. Vide gli occhi marroni chiudersi stanchi mentre una voce dietro le sue spalle lo chiamava.

«Luke, basta! Fermati! Così lo uccidi!»

È quello che voglio!, si disse dopo aver sentito le parole di Caleb, ma una presa forte lo fece alzare.

Due braccia lo tenevano per le spalle mentre cercava di liberarsi.

«Luke basta, ascoltami» disse calmo Caleb dietro di lui. «Stai spaventando Hayley.»

Scosse le spalle.

Era lì.

Aveva perso il controllo davanti a lei.

La guardò. Teneva la mano davanti agli occhi e quando si fece più vicino ad Axel si mise a piangere. Quegli occhi chiari erano ancora più lucidi e lo fissavano con paura.

Quando la vide cambiare umore e iniziare a guardarlo con odio realizzò cosa aveva fatto.

Si era svegliato.

31

MOMENTS

«Irma.»

Abbassai la mano sulla maniglia della porta d'ingresso e mi girai verso di lei.

Hayley era sulla soglia della cucina, appoggiata allo stipite, aveva le braccia incrociate al petto e gli occhi stanchi. Sembrava pensierosa, qualche ricordo le occupava la mente. Dal lieve sorriso che le affiorava sulle labbra doveva trattarsi di un bel momento, forse il primo bacio con Luke.

Momenti...

Momenti della sua vita, che aveva condiviso con me. Che poi cos'era un momento? Cosa si doveva fare per sfruttarlo al meglio? Me lo chiedevo da sempre, e l'unica conclusione a cui ero giunta era che tutta la mia vita fosse un 'momento sprecato', vissuto pensando piuttosto che vivendo.

Hayley, invece, di momenti intensi ne aveva avuti molti: belli, passionali, e anche violenti e dolorosi ma li aveva vissuti, senza scappare.

«Dimmi» dissi sorridendole.

«Domani torna. Devo finire di raccontarti la storia.» Mi salutò con un cenno della mano, si strinse nel suo maglione sfibrato e si rintanò nella cucina con le tende impregnate di tè al gelsomino e zenzero. Tutta la casa aveva quel profumo dolce e intenso, dal retrogusto agro e speziato.

Un mix di aromi, ecco cos'era Hayley. In quello ci assomigliavamo, eravamo entrambe tante cose nello stesso momento. Volevamo essere e avere tutto subito.

Aprii la porta, l'aria fredda della sera mi colpì il collo, feci una smorfia pensando al mal di gola che mi sarebbe venuto. Tenevo tra le mani i miei appunti stringendoli al petto. La scritta '*Momenti*' era sottolineata e cerchiata. Hayley ci teneva che fosse chiaro questo particolare: tutta la sua storia era divisa in momenti.

Feci un urlo strozzato quando, senza rendermene conto, mi ritrovai a terra. Mi massaggiai la spalla dolorante mentre guardavo i miei fogli sparsi sul marciapiede. Un ragazzo ne raccolse alcuni e si prese diversi insulti quando finì in mezzo alla strada per recuperarne uno. Automobilisti.

«Scusa,» disse velocemente porgendomeli «non ti avevo vista.»

Mi alzai in fretta prendendo i fogli. Imbarazzata, gli feci un cenno con la testa e gli diedi le spalle. Neanche lo guardai in faccia, semplicemente misi a posto i fogli e mi incamminai lungo il marciapiede.

«Ehi! Aspetta.»

Chiusi gli occhi sperando che la botta non mi avesse provocato allucinazioni. Lo vidi raggiungermi e ridacchiare. Aveva i capelli castani e spettinati, e occhi chiari che mi fissavano curiosi. Strinsi di più i fogli quasi strappandoli. Non mi piacevano quelle situazioni.

«Abiti da queste parti?» mi chiese diretto.

«Abito a qualche isolato da qui» risposi con un filo di voce, un po' a disagio.

Il ragazzo mi sorrise e i denti bianchi scintillarono da sotto le labbra rosee. Gli sorrisi anche io.

«Io abito in centro, ma lavoro in questo quartiere.»

Non volevo essere maleducata, ma davvero non capivo perché mi stesse raccontando quelle cose, non gli avevo chiesto niente.

Mi guardò in silenzio per alcuni istanti prima di porgermi la mano. Io ero ancora indecisa se stringergliela o meno.

Lui mi scrutò con imbarazzo e, quando stava per riportare la mano lungo il fianco, allungai il braccio e gliela strinsi leggermente.

«Tristan» disse deciso.

«Irma» risposi incerta.

«Allora Irma, credo che ci vedremo presto» disse prima di darmi le spalle e allontanarsi.

E così lo riconobbi: quello era uno di quei momenti in cui non bisognava pensare ma vivere.

Luke spostò un piede in avanti mentre si liberava dalla presa di Caleb. Nonostante si fosse scaricato su quel corpo ora steso sulla ghiaia, la rabbia che lo soffocava aveva una fiamma ancora più viva e calda.

Si avvicinò alla ragazza rannicchiata a terra e la prese per un braccio facendola alzare.

«Lasciami!» urlò Hayley divincolandosi per raggiungere Axel.

Fragile. Hayley si sentiva fragile e vulnerabile come un vetro lesionato colpito ripetutamente con una mazza. E mentre urlava e sentiva le mani di Luke stringerle la vita pensava a quanto fosse ingiusto tutto quello.

Respirò affannosamente quando, dopo essere stata trascinata per tutto il cortile, si ritrovò dentro la macchina di Luke. Provò a tirare verso di sé la leva della portiera. Era bloccata. Il panico prese il sopravvento.

Quando sentì lo sportello del lato guidatore chiudersi pesantemente si avventò contro Luke.

«Lasciami uscire!» urlò. «Axel ha bisogno di me! Di un dottore. Ti prego!»

Il suo viso bagnato era contratto in una smorfia di dolore mentre lui, impassibile, teneva lo sguardo fisso sulla strada davanti a loro. A un tratto si girò di scatto verso Hayley e la prese per i polsi, strattonandola.

«Lo capisci che è colpa tua?!» sputò Luke. «Ti avevo detto di stare lontana da lui! Axel è ancora vivo e quindi è già stato fortunato, oggi.»

La ragazza stette zitta, terrorizzata. Lo guardò incredula. «Tu non sei nessuno, Luke,» disse poi lentamente «ora fammi scendere.» Non voleva farlo arrabbiare.

«No!» urlò lui battendo le nocche screpolate e macchiate di sangue contro il volante scuro. «No, tu ora vieni con me» ripeté, era fuori di sé.

Hayley scosse la testa cercando di nuovo di aprire la portiera, senza riuscirci.

Più fissava il ragazzo di fianco a sé più realizzava il fatto che, molto probabilmente, per la prima volta da quando lo conosceva, stava guardando il Luke di cui tutti parlavano. Negli occhi aveva un luccichio di pazzia. In quel momento, sembrava in grado di fare qualunque cosa.

Hayley affondò le unghie nel sedile. Era stanca. Per lei era troppo. Chiuse gli occhi finché la macchina non si fermò. Sentì la portiera dal lato guidatore aprirsi e chiudersi, aspettò qualche secondo e non si stupì quando anche la sua si aprì.

Luke la prese con forza dalle braccia e la spintonò contro la carrozzeria metallica della macchina. «Ascoltami» la richiamò. Lei sollevò le palpebre pesanti. «Voglio che tu stia con me, ne ho bisogno, almeno fino allo Yell. Non voglio portarti là, ma ho bisogno del tuo supporto, di te.» La voce di Luke si fece bassa, quasi impercettibile, Hayley dovette avvicinarsi di più per ascoltarlo; non credeva alle sue orecchie. «Voglio stare con te, per favore.»

'*Per favore*?' Ad Hayley venne quasi da ridere. Chiuse gli occhi di nuovo. Non aveva più forze per opporsi ma si promise che l'avrebbe fatto presto, gli avrebbe fatto pagare tutto quel dolore che le stava procurando. Tutto, fino in fondo.

«Ti odio» sussurrò.

«Ti odio anche io» rispose Luke.

Momenti.

32

TIME

Hayley tenne gli occhi chiusi mentre i suoi sensi iniziavano a risvegliarsi. Sentiva il petto su cui era appoggiata alzarsi e abbassarsi lentamente. Strusciò la guancia su quel tessuto ruvido per respirarne a pieno il profumo.

Aprì gli occhi.

Cercò di alzarsi dal materasso senza far rumore. La stanza era buia ma flebili raggi di sole filtravano attraverso le persiane chiuse. Si guardò intorno spaesata mentre mille domande si facevano spazio nella sua testa.

Aveva perso la cognizione del tempo. Tempo che le stava sfuggendo tra le dita. Lanciò un'occhiata verso il ragazzo steso e si accigliò quando vide qualcosa sul suo petto creare un barlume di luce a contatto con il sole. Sobbalzò nel riconoscere la propria catenina di corda alzarsi e abbassarsi sul petto di Luke. La sfiorò con le dita stando attenta a non svegliarlo.

Ripensò al giorno prima, a quando, dopo la scuola, Luke l'aveva portata lì, a casa sua. Hayley alla fine aveva accettato di rimanere a dormire da lui, dicendo alla madre che sarebbe rimasta a casa di Ryan. Nei confronti di Luke provava emozioni discordanti, rabbia ma anche pena, che non sapeva comprendere e gestire. Di una sola cosa era certa: era stanca di tutto, delle bugie e delle prese in giro.

Prima che arrivasse Luke, la sua vita era tranquilla e senza drammi.

Quando sentì il suo cellulare vibrare, lo prese dal comodino e uscì silenziosamente da quella stanza ritrovandosi in un corridoio luminoso. Strizzò gli occhi e rispose appena vide la persona che la stava cercando. Aveva ancora addosso i vestiti della sera prima.

«Ryan» sospirò Hayley appoggiandosi al muro.

«Stai bene?» domandò l'amica.

«Axel?» chiese di rimando lei non curandosi della domanda dell'amica.

«Sta bene, è a casa sua. Io e Caleb lo abbiamo accompagnato.»

Sentiva la rabbia salire, prendendo il posto del sangue, e riscaldarla.

«Sei da lui?» chiese Ryan, riferendosi ovviamente a Luke.

«Sì, ma andrò a trovare Axel. Grazie, Ryan, ringrazia anche Caleb.»

Chiuse la telefonata e infilò il cellulare nella tasca dei jeans scuri. Casa Holland era silenziosa e lei poté sentire un grugnito di Luke provenire dalla camera alle sue spalle.

Rabbia.

Spalancò la porta, corse verso il letto, e strinse nei pugni la maglia che indossava Luke. Lui spalancò gli occhi e le afferrò i polsi. Riuscì a portarla sotto di sé mentre si metteva a cavalcioni su di lei. Le bloccò i polsi contro il materasso, ai lati del viso.

«Perché?» disse lei scalciando. In un impeto di rabbia lo aveva aggredito, sperava di fargli male.

«Calmati!» Luke la strinse più forte. La voce era roca e impastata, lo aveva svegliato.

«Perché?» ripeté lei più forte.

«Perché, cosa?» domandò il ragazzo piegandosi verso il viso di Hayley, la collana con il ciondolo ad àncora dondolava tra di loro.

«Tutto,» sputò «perché hai fatto del male ad Axel? Perché sono qua? Perché se...»

Luke la zittì con un bacio. Appena Hayley sentì le sue labbra scostò la testa da un lato, ormai conosceva le sue strategie, i suoi modi di fare.

«Perché sei così?» biascicò la ragazza stringendo i pugni

ancora in trappola. Si era calmata tutto d'un colpo, sentiva una strana stanchezza scorrerle nelle vene.

Lui corrugò la fronte non capendo.

«Litighiamo, mi baci e poi litighiamo ancora.» Sospirò. «Sono stanca.»

Luke strofinò il naso contro la sua guancia candida.

«Amore fragile, resisti ancora un po'» sussurrò.

Hayley chiuse gli occhi. «Mi stai distruggendo.»

«Ci sto provando da tempo.»

Hayley lo guardò dal basso. Era perplessa. Gli occhi chiari di Luke la fissavano, sembravano non chiudersi da giorni, settimane.

«Cosa intendi? Non potresti semplicemente amarmi?»

Luke rotolò su sé stesso portando la ragazza sopra di sé, la teneva per la vita mentre lei si spingeva contro il suo petto per allontanarsi. La collana si fermò sulla maglietta di Luke.

«Ti sto insegnando a sopravvivere,» sussurrò «a me.» Neanche si era accorto di quello che aveva detto Hayley, oppure faceva finta di niente.

«Io voglio sapere qual è il tuo scopo, se ne hai uno» disse lei alterata.

«All'inizio volevo portarti allo Yell poi, be', poi è diventata una questione personale. Mi piaci, Hayley.» L'avvicinò a sé e posò le labbra sul suo collo. «In fondo lo sai anche tu che non ti lascerò mai andare.»

Hayley si ritrasse subito. Si alzò contro lo sguardo contrariato del ragazzo. Si passò le mani sulla maglia sgualcita e si avviò alla porta. «Devo andare» disse senza sentimenti, ormai sembrava non averne.

Con la coda dell'occhio, vide Luke annuire.

Ryan si passò una mano tra i capelli più chiari sulle punte. L'erba che le solleticava le braccia scoperte la faceva sorridere. Strizzò gli occhi per il troppo sole prima di girarsi verso il ragazzo steso di fianco a lei.

Caleb aveva le braccia incrociate sotto la testa. I suoi muscoli erano tesi e ancora più delineati in quella posizione.

«Quanto manca?» chiese Ryan dandogli un bacio sul petto.

Lui si alzò mettendosi seduto mentre trascinava con sé anche la ragazza. Le sistemò una ciocca di capelli dietro all'orecchio.

«Meno di dieci giorni» disse regalandole un sorriso malinconico.

Lei scosse la testa e Caleb la attirò a sé stringendola.

«Non ti preoccupare,» disse baciandole i capelli «vedrai che non la porterà allo Yell.»

Ryan annuì di nuovo pensando ad Hayley. Il suo rapporto con lei era cambiato. Hayley non le aveva ancora perdonato di non averle raccontato subito la verità. Luke invece la odiava, ma non le importava, sapeva di aver fatto la cosa giusta, sebbene in ritardo.

Caleb rise e le accarezzò un braccio.

«Perché ridi?» gli chiese Ryan.

«Perché sono dove dovrei essere con chi dovrei essere.» Strappò un filo d'erba e se lo rigirò tra le dita. «Per tanto tempo ho immaginato questo momento. Ma non si avverava mai, ed ero arrabbiato.»

Unì gli apici del filo d'erba in un nodo e realizzò un cerchio. Ryan si accigliò.

«Potrei stare qui ore, provare a dirti le parole più belle, quelle più giuste... ma non è il mio forte.» Sorrise. «E poi non ho più tempo.»

Prese la mano di Ryan, le accarezzò le dita lunghe e fini, e fece scivolare sull'anulare il cerchietto realizzato col filo d'erba.

«Quindi, Ryan Greenver, vorresti rendermi il più felice fottuto ragazzo della terra diventando la mia ragazza?»

33

DRIFTED

Hayley teneva la schiena contro l'armadietto. Chiuse gli occhi quando sentì le labbra di Luke sulle sue. Intorno a loro, avvertiva l'interesse della gente, i loro respiri sospesi mentre osservavano quella scena.

Quando sentì che Luke si stava staccando da lei, strinse la sua camicia a quadri.

«Ci vediamo dopo in cortile» disse lui sussurrando prima di sfiorarle la guancia con la punta del naso.

Luke si allontanò, inondandola di un freddo strano. Hayley strinse tra le mani il libro di matematica e si avviò verso la sua classe. Alla fine, anche se le costava ammetterlo, non stava 'subendo' la compagnia di Luke. Lui, purtroppo, continuava a piacerle.

Appena si sedette al suo banco, vuoto per l'assenza di Ryan, sentì subito una risata alle sue spalle.

«Ehi, Cohen!»

Alzò lo sguardo verso il ragazzo che si stava avvicinando, i capelli scuri tirati su col gel, negli occhi verdi un lampo di malizia.

Hayley notò il viso di Crystal reprimere una risata mentre il ragazzo, il cui nome era William, si sedeva accanto a lei.

Lei abbassò lo sguardo verso il libro, imbarazzata.

«È maleducato non guardare in faccia chi ti parla, lo sai, *piccola* Cohen?»

Davanti all'indifferenza di Hayley, William le diede un buffetto sulla nuca e si alzò. Erano compagni di corso da due anni, e non si erano mai rivolti la parola, e a lei era sempre andata bene così, quindi perché adesso doveva darle fastidio?

«Stupida» sputò William prima di dare il 'buongiorno' al professore appena entrato. Lasciò il banco vicino a quello di Hayley colpendola sulla spalla.

Crystal si appoggiò alle mattonelle fredde del bagno e gemette per il contrasto col calore che le attraversava il corpo.

«Devi andartene» riuscì a dire Luke spostandola di lato; lei fece un verso in disapprovazione e si riavvicinò a lui.

«Lo so che lo vuoi, Luke» sussurrò contro il suo collo. «Hayley sarà anche carina, ma non ti soddisfa del tutto, vero?»

Luke sospirò e andò fuori di testa quando sentì la fibbia della sua cintura tintinnare. Abbassò lo sguardo su quella testa bionda liscia come la seta. La ragazza chiuse la porta facendola scattare. Lui sapeva che era tutto sbagliato, sapeva che di quella ragazza non gli interessava niente, sapeva di desiderare un'altra. In quel momento non avrebbe voluto essere con Crystal ma con Hayley.

Si guardò il petto e l'àncora che luccicava gli sembrò ancora più pesante; come una nave alla deriva, stava affogando. Come un Titanic portato giù da un'àncora, pesante come un amore mancato.

E tutti i motivi per cui doveva uscire da quel bagno si annullarono quando Crystal si sbottonò la camicia azzurra, lui non poté far altro che chiudere gli occhi e attirarla a sé baciandola.

Metteva velocemente un piede davanti all'altro mentre, di tanto in tanto, si guardava indietro per controllare che tra la gente non ci fosse William. Le si chiuse la trachea quando se lo ritrovò a un centimetro dal viso. Era apparso da dietro un angolo.

«Dove scappi, piccola Cohen?»

Sussultò quando la strinse per un braccio. «Lasciami stare»

sibilò stanca, cercando di avvicinarsi al bagno mentre lui rideva divertito.

«Perché? Dài, facciamo quattro chiacchiere. Io e te non parliamo mai...»

«Smettila» sputò. «Devo andare in bagno!» urlò cercando una scusa. Vide il ragazzo guardare un punto oltre la sua spalla e sorridere soddisfatto, gli occhi chiari si illuminarono e si abbassò di poco per raggiungere l'orecchio di Hayley.

Lei tremò quando lo sentì dire: «Okay, ora puoi anche andare, se vuoi.»

Confusa, Hayley si voltò lentamente sentendo le mani di William accompagnarla per tutta la rotazione. Luke era fermo davanti alla porta dei bagni dei maschi, aveva i capelli spettinati, l'aria stravolta e si stava abbottonando la camicia.

Alzò lo sguardo e Hayley poté vedere stupore, tristezza e malinconia nei suoi occhi. Dopo un secondo, fu affiancato da Crystal, appena uscita dalla porta dei bagni. Aveva le gote arrossate e il respiro affannato. Crystal la vide e la fissò con un sorriso soddisfatto sulle labbra.

Hayley li guardò poi chiuse gli occhi.

«Basta» dissi posando la penna sul tavolo.

«Perché?» chiese Hayley.

Aveva gli occhi gonfi di lacrime che si sforzava di trattenere, non potevo vederla così. Non volevo che rivangasse ricordi dolorosi.

«Non devi raccontarmi per forza tutto» risposi rivolgendole un sorriso sincero. «Se ti fa male ricordare alcuni episodi, non ti preoccupare, non è indispensabile.»

Lei mi guardò attenta, cambiò posizione sulla sedia prima di unire le mani davanti alla bocca. «Ti sei mai innamorata?»

La sua domanda mi spiazzò. Restai zitta qualche minuto guardando la cucina intorno a me, l'odore di tè era meno percettibile degli altri giorni. «No, cioè, credo di no.» Gesticolai confusa.

Lei sorrise.

Presi la biro e me la passai sul labbro inferiore, potei sentire la plastica masticata contro il labbro screpolato dal freddo.

«L'ho capito dopo, penso.» Chiusi gli occhi. «Dopo che era finito tutto, ripensando a quello che era stato, mi sono accorta che il dolore che credevo fosse amore in realtà non lo era.»

Hayley sorrise ai miei occhi persi.

«A me invece è successo il contrario: quando ho capito di essermi innamorata era troppo tardi» commentò al posto mio.

Annuii soprappensiero. Mi alzai sorridendo e raccolsi le mie cose per infilarle nella borsa.

«Così mi sentivo, come se fossi arrivata tardi, in ritardo al mio appuntamento con la sorte» mi bloccò. «Vorrei che lo scrivessi.»

Annuii.

«Ora vado, ci vediamo domani» dissi salutandola mentre chiudevo la porta dietro di me.

Appena fuori, mi strinsi nel cappotto. La primavera era alle porte, ma al calare del sole faceva ancora molto freddo.

«Ehi!»

Sobbalzai portandomi una mano sul petto guardando il ragazzo seduto sul marciapiede.

«Dio mio!» sospirai. «Mi hai spaventata!»

Lo vidi ridere prima di alzarsi e mostrarsi in tutta la sua bellezza. I lampioni di Londra facevano risaltare la sua pelle pallida e la sua altezza sovrastante.

«Ma che coincidenza!» esclamò Tristan, prima di raggiungermi.

«Già,» risi «eri seduto proprio davanti alla casa dove ero io. Dev'essere il destino» dissi sarcasticamente iniziando a camminare. Sentii i passi di Tristan seguirmi.

«Beccato» sussurrò. Arricciò il naso e infilò le mani nelle tasche dei jeans stretti.

Sorrisi.

«Allora,» si guardò intorno soffermandosi su qualche vetrina «cosa fai per vivere?»

La sua domanda mi fece fermare, alzai un sopracciglio. «Perché ti interessa?»

«Perché non dovrebbe?» Sorrise quando mi vide arrendermi e alzare le spalle.

«Scrivo, tu?» Feci l'indifferente.

Alzò il mento in modo altezzoso prima di essere buttato giù da un'anziana signora che lo accusò di averla colpita. «Non l'avevo vista!» le disse veloce cercando di recuperare lo spazio tra di noi. Risi.

«Lo trovi divertente?» mi chiese. Annuii facendogli segno di andare avanti.

«Be', non volevo dirtelo così,» disse sospirando «ma stai parlando con la quasi più famosa pop star di questa città.»

Scoppiai a ridere rumorosamente mettendomi una mano davanti alle labbra.

«Guarda che non sto scherzando... è solo questione di tempo» commentò serio.

Ridacchiai ancora di più. «Quindi canti?»

«Sì, in piccoli locali, ma ci sto lavorando e mi piace quello che faccio. Tu invece? Cosa scrivi?» Non era imbarazzato.

«*Storie.*»

«Come 'storie'? Non è un po' banale?»

«Banali? Le storie? Una storia può donarti un'infinità di sentimenti, immagini, pensieri... Le storie fanno parte del mondo, alimentano il nostro desiderio e la nostra immaginazione. Sai, io è tutta la vita che cerco la mia storia, e non mi fermerò finché non l'avrò trovata.» Feci un piccolo sorriso e mi voltai verso Tristan, mi sfiorò il braccio e subito sentii le mie guance infuocarsi.

«Mi hai fatto cambiare idea, sono belle le storie se le racconti tu.» Era rimasto sorpreso dalla mia risposta, mi fece piacere.

Gli tirai una pacca sulla spalla e la sua risata cristallina risuonò nella strada.

«Quindi è questo che stai facendo per la signorina Cohen?» chiese.

Annuii sorpresa. «Ma tu come fai a sapere di Hayley?»

«Be'...» rispose imbarazzato «quando ti ho aiutato a raccogliere i fogli, diciamo che... ho dato una sbirciatina.»

«Ah-ah. Quindi il destino non ha fatto tutto da solo.» Risi. «Comunque la signorina Cohen ha una storia davvero interessante.»

«Sono curioso,» sussurrò «potresti raccontarmela davanti a un caffè o comunque in un posto dove non rischio di essere investito o dove una vecchietta non può aggredirmi. Scegli tu.»

Scossi la testa divertita. «Sei così sfacciato» commentai.

Lui alzò le spalle sorridendo. «È un sì?» Era a suo agio in mia presenza.

«Sì» risposi.

34

NAIVE

La pioggia batteva sul suo mento.

Se l'acqua doveva lavare via tutte le colpe, perché lei si sentiva più pesante?

Ogni volta che una goccia le finiva tra i capelli era come se un sasso fosse caduto nel suo stomaco. In ogni goccia che le passava davanti agli occhi vedeva Luke affannato, con il viso rosso e i capelli arruffati.

Perché la sua mente ricordava le cose più brutte, come se fosse un loop?

Si sfilò lo zaino e lo lasciò cadere sul marciapiede bagnato. Lo fissò. Lei non aveva mai visto la pioggia come una cosa brutta ma in quel momento le sembrava la peggiore. Chiuse la mano a pugno, alzò il braccio e poi lo abbassò violentemente, colpendo la corteccia di un albero. Perché si sentiva più pesante? Come oppressa, come se il cielo si stesse restringendo o scendendo sopra di lei per schiacciarla.

Chiuse gli occhi e grazie all'acqua non sentì la lacrima, solo una, che le scese dall'occhio destro.

«Hay!» Luke la stava chiamando, ma la sua voce sembrava così lontana.

Scosse la testa, era tutta un'illusione, lui non era lì.

«Hayley!» la chiamò ancora.

Aprì gli occhi scossa. Prese lo zaino, pronta ad andarsene ma si sentì afferrare da dietro. Due braccia la strinsero forte, lei gemette sentendo l'aria uscirle dai polmoni troppo velocemente. Due dita fecero una leggera pressione sotto il suo mento facendole alzare lo sguardo.

Lo guardò negli occhi. Le goccioline d'acqua cadevano dalle sue ciglia lunghe.

«Stai piangendo» disse Luke. I capelli biondi erano completamente bagnati e gli ricadevano ai lati della fronte.

«Piove» sussurrò lei riuscendo a liberarsi dalla sua stretta soffocante. Recuperò lo zaino.

«Tu stavi piangendo.»

Si guardò indietro. «Pensa quello che voi» disse voltandosi e iniziando a camminare.

Luke scosse la testa. «Torna qui!»

Hayley si girò sconvolta. «Perché dovrei? Sei solo un pezzo di merda. Sai che ti dico? Non mi importa. Non mi importa di te, di quello che farai e di quello che dirai.» Lo vide piegare la testa di lato e chiudere gli occhi.

«Lo sai che quello che è successo con Crystal non significa niente» disse con voce calma.

«Allora perché l'hai fatto?» domandò incredula.

Luke si accigliò, schiuse le labbra per poi richiuderle lentamente.

La ragazza fece altri passi, marcando la voragine immaginaria tra di loro.

«Resta qui,» sussurrò lui «ti prego! Se mi lasci te ne pentirai...»

Hayley lo bloccò. «Non mi importa di quello che farai, Luke, tu non sei quello di cui ho bisogno!»

I suoi occhi azzurri si spensero. Corse prendendola per i fianchi. «Tu non te ne andrai, dimmi quello di cui hai bisogno Hayley, e io lo diventerò.» Il suo sguardo era disperato.

Hayley appoggiò la testa sulla camicia bagnata di Luke. «Tu mi odi, perché non mi lasci andare?» domandò a voce bassa, era stufa di urlare.

Lui le diede un bacio sui capelli bagnati.

«Io... non ci riesco, non capisco perché» ammise più a sé stesso che ad Hayley.

Lei sorrise appena.

«Ho bisogno che tu scelga me, che smetta di giocare, che mi mostri amore» disse sicura di sé.

Lo osservò annuire prima di sentirsi respingere.

Lo vide abbassarsi e posare le labbra sulle sue. Le sfiorò appena. Hayley gli passò una mano tra i capelli. Lui le prese dolcemente il polso, se lo portò davanti alla bocca e cominciò a sfiorarlo con le labbra lasciando dei teneri baci sulla sua pelle bagnata. Era un gesto così gentile, delicato. Poi aprì gli occhi e le diede un ultimo bacio sulle labbra.

Lei lo sapeva cosa sarebbe successo e le parole del ragazzo non potevano che confermarlo.

«Vai» sussurrò lui.

Lei corrugò la fronte.

«È meglio che tu mi stia lontana.» Fece un passo indietro.

«No, Luke.»

Lei cercò di aggrapparsi al suo collo, non voleva lasciarlo andare. Strinse più forte la camicia, quasi strappandogliela.

«Hay, solo così posso dimostrarti il mio amore. Io posso solo farti soffrire.»

Fino a qualche giorno prima Hayley avrebbe approvato quelle parole di Luke, ma adesso qualcosa era cambiato, e si rendeva conto che non poteva resistere da sola, aveva bisogno di lui. Le costava ammetterlo ma era così, ne era certa.

Scosse la testa e chiuse gli occhi. Tutto quel tempo a sperare che Luke la lasciasse stare e, adesso che voleva farlo, lei glielo stava impedendo. Sentì il corpo di Luke scivolarle dalle braccia come la vita. Si portò le mani davanti al viso, non voleva guardarlo andare via. Seguì il rumore delle sue Converse che si allontanavano sull'asfalto. La voragine nel suo petto iniziò ad aprirsi. Luke era ormai lontano, troppo lontano per essere raggiunto. Quando non sentì più i suoi passi, Hayley si lasciò andare a un urlo liberatorio.

Tristan aggrottò la fronte e fissò la sua tazza di caffè. Dopo qualche istante alzò lo sguardo su di me. «La storia non finisce qui, vero?»

Scossi la testa. Puntai i gomiti sul tavolo di alluminio, appoggiai il mento sulle mani incrociate e guardai in strada, oltre la vetrina del bar, il viavai degli ombrelli colorati sotto la pioggia battente. Un fulmine illuminò il cielo scuro. Strinsi forte gli occhi e iniziai a contare.

«Uno.»

Respirai.

«Due.»

Alzai la testa da sopra le mani giunte.

«Tre.»

Sospirai prima di sentire un tuono far tremare la mia cassa toracica.

«Cosa?» Tristan sembrava confuso.

Guardai un po' imbarazzata la sua espressione persa.

«Perché stavi contando?»

«Be'... quando ero piccola mio padre mi diceva che se vedevo un fulmine dovevo contare quanti secondi passavano dal suono, così da sapere quanto fosse distante.»

«Aspetta, forse ho capito» disse Tristan scuotendo il capo. Si alzò dalla sua panca e venne a sedersi alla mia destra. I suoi fianchi toccavano i miei. «Tu hai una dannata paura dei fulmini, vero? È per questo che non hai un ombrello!»

Mi accigliai e lui scoppiò a ridere.

«Non è divertente. Ridi troppo di me» dissi agitando le mani. Sobbalzai quando un altro fulmine squarciò il cielo.

Sentii la mano di Tristan posarsi sulla mia coscia e alzai lo sguardo.

Sorrise.

«Sei così tenera» sussurrò.

Mi fissò intensamente.

«Cosa succede se lo faccio?» chiese.

«Cosa?» Aggrottai le sopracciglia, confusa.

«Questo» rispose.

Sentii il suo respiro caldo sulla pelle, poi le sue labbra sfiorarono le mie.

35

BROKE

Uno se lo aspetta, o almeno se lo immagina quello che si prova. Si stringe il petto mentre lo sente scricchiolare sotto le dita, chiude gli occhi durante il giorno così da risparmiare il dolore per la notte. Anche se non ce ne accorgiamo, ci va bene così. Ci va bene che la gente spezzi il nostro cuore come fosse pane, è brutto ma è così.

Avete mai pensato a quello che saremmo senza un cuore? Più forti, sereni e magari più intelligenti. Se il cuore batte solo per l'anima allora tanto varrebbe farne a meno, per non avere una cosa in più da cui scappare.

Hayley era al buio a pensare: Come sono arrivata fin qui? In quale momento mi sono persa?

Si ritrovò a riflettere su cosa fosse veramente. Una bambina cresciuta troppo in fretta, una bambina convinta di bastare a sé stessa. Solo al buio riusciamo a vedere ciò che di solito evitiamo, come la verità. Influenzata dal nulla, resta solo lei

E fu per questo che Hayley pianse. Per tutto l'odio che non riusciva a sfogare, e per tutto l'amore che non riusciva a dare.

E fu allora che se ne rese conto, nel momento più sbagliato e con le lacrime agli occhi: amava Luke.

Caleb passò la sigaretta a Luke e incrociò le mani dietro la testa. «Siamo di nuovo qui» sospirò chiudendo gli occhi.

«Già» rispose Luke, sdraiato al suo fianco. «Sai come sta?»

Caleb scosse la testa.

«Secondo te ho fatto bene?»

«Dipende» biascicò Caleb. «L'avresti condannata portandola allo Yell.»

«No, avevo già deciso che non l'avrei portata la prima volta che mi ha toccato.»

Caleb annuì, guardando verso la finestra. Un fulmine gli fece chiudere gli occhi.

«*I like the summer rain, I like the sounds you make, We put the world away, We get so disconnected*» canticchiò Luke in un sussurro. «Vorrei essere *disconnesso* da tutto solo per concentrarmi su di lei.»

«Puoi farlo» lo incitò Caleb.

«Non credo, mi faccio influenzare troppo da quello che mi circonda.»

Caleb si alzò, puntando i gomiti sul materasso. «La ami» disse a bassa voce.

«Cosa? Non lo so» farfugliò Luke.

«Non era una domanda» disse ridacchiando.

Hayley bussò alla porta di Axel. Era nervosa, e nell'attesa che le aprisse controllò di nuovo che il campanello fosse quello giusto.

Si sentì sollevata quando la porta di legno si spalancò. Axel strabuzzò gli occhi nel vederla, ma subito dopo sorrise.

«Ciao» disse timidamente Hayley. Lui le fece cenno di entrare e lei, a testa bassa, oltrepassò la soglia.

«Vuoi qualcosa da bere?»

Hayley scosse la testa e arrossì quando si rese conto che Axel indossava solo dei boxer. Gli fissò i muscoli della schiena tendersi mentre apriva un mobiletto per prendere una tazza. Non aveva più lividi sul corpo.

Il ragazzo si voltò verso di lei e lei arrossì ancora di più.

Axel aggrottò le sopracciglia, poi si guardò e si mise a ridere. «Scusa, se vuoi mi vado a vestire.»

«No no,» rispose «non ti preoccupare.»

«Come vuoi. Perché sei qui?» domandò Axel.

Hayley rimase in silenzio. Era visibilmente nervosa.

Lui si avvicinò e le posò una mano sulla spalla. Lei appoggiò la testa contro il suo petto e per qualche istante non disse nulla.

«Continuo a sbagliare tutto» sospirò. «Luke, mi ha... lasciata, credo. Cioè non credo neanche che stessimo insieme, veramente.»

Axel la strinse tra le sue braccia e Hayley non trattenne più le lacrime. Che andasse da lui a piangere per Luke faceva quasi ridere, ma il loro rapporto era particolare, Axel aveva nei suoi confronti un atteggiamento protettivo.

«Mi fai incazzare» disse lui.

Hayley si accigliò.

Axel la sollevò per i fianchi e la posò sul bancone della cucina. In quel modo erano alla stessa altezza. La guardò dritto negli occhi. «Mi fai incazzare perché sei bellissima e lui non ti merita.»

Hayley trattenne il fiato quando sentì la mano di Axel accarezzarle una gamba.

«Se lui non sa buttarsi il passato alle spalle e andare avanti, tu non puoi rovinarti la vita aspettando che cambi.» Si avvicinò al suo viso. «Io potrei aiutarti a dimenticare.»

Lei chiuse gli occhi facendosi cullare dal respiro caldo di Axel. Lo sentì lasciarle piccoli baci sulla mascella prima di passare alla guancia per poi arrivare all'angolo della bocca.

Esitò quando le labbra di Axel premettero sulle sue. Si muovevano lentamente mentre lui la stringeva a sé.

Hayley si sentì accaldata ma niente era paragonabile al fuoco dei baci di Luke. Portò le mani sul petto del ragazzo per allontanarlo. «Luke ti ammazzerà» sussurrò accarezzandogli il viso.

«Non mi importa un cazzo, Hayley, non mi importa.» La baciò di nuovo.

Hayley chiuse gli occhi e rispose al suo bacio. Stava usando Axel per dimenticare Luke, non era una cosa giusta, lo sapeva, ma per un istante non si sentì più sola. Ed era l'unica cosa di cui in quel momento avesse davvero bisogno.

***

«Axel che fine ha fatto dopo lo Yell?» chiesi accavallando una gamba sopra l'altra.

Hayley sorrise guardando la strada attraverso la finestra. «Ha fatto ciò che avrebbe dovuto fare tempo prima.»

Aggrottai la fronte.

«Andò via, tornò in Australia dalle sue sorelle.» Sorrise malinconica.

«Ti manca?»

Incrociò le braccia al petto. «Lui non rimase a lungo a fianco a me; ovviamente Luke si presentò di nuovo, mettendolo da parte. Ma ci siamo voluti bene, e oggi, a distanza di anni, siamo ancora amici. Mi chiama ogni anno per il mio compleanno, e io faccio lo stesso con lui.»

Stava ancora guardando la strada, qualcosa attirò la sua attenzione.

«Cosa succede?» chiesi imbarazzata.

Lei indicò verso la strada e rise.

«È da un po' di tempo che vedo quel tipo seduto sul marciapiede qui davanti.»

Mi alzai di scatto pregando che non fosse Tristan. E invece era proprio lui.

«Cazzo!» esclamai.

«Lo conosci?» mi chiese Hayley.

«No no» mentii. Tristan mi vide al di là dei vetri e iniziò a sbracciarsi per attirare la mia attenzione.

«Sicura?» ridacchiò Hayley.

«Ehm... no» risposi guardando la figura slanciata del ragazzo.

«Dài, vai, ti sta aspettando.»

Annuii, raccolsi le mie cose e andai verso la porta.

«Come si chiama?» chiese curiosa.

«Tristan.»

«È tipo una specie di fidanzato?»

Scossi la testa inciampando sui miei passi. «No, un amico, credo. Non lo so.» Risi nervosamente mentre uscivo dal suo appartamento.

«Domani mi racconti.» Hayley mi fece l'occhiolino e chiuse la porta.

Sussultai quando sentii le sue mani stringermi i fianchi. Senza dire una parola, Tristan chinò la testa nell'incavo della mia spalla e mi lasciò una scia di languidi baci sul collo.

«Ciao anche a te» sussurrai. Lo sentii ridere contro la mia pelle.

Alzò la testa e mi guardò dritto negli occhi. «Sei pronta?»

Strizzai gli occhi rimanendo ferma mentre lui cercava di tirarmi per un braccio. «Per cosa?»

Tristan mi tirò più forte facendo aderire i nostri petti. Avvicinò le labbra alle mie e le sfiorò. «Per essere conquistata.»

36

VOODOO DOLL

Londra, maggio 2024

«Ti consiglio di smettere» dissi soffocando una risata.

Lo vidi fare una smorfia prima di premere ancora le dita affusolate contro i miei fianchi. Osservai come le grinze del cotone della mia maglia si ispessivano sotto il tocco di Tristan. Aprii la bocca e chiusi gli occhi ridendo. «Ti prego, smettila di farmi il solletico!»

Lui prese a muovere le dita più velocemente e io scalciai contro il divano marrone, affondando la testa tra i cuscini. Anche se era piccolo, quell'appartamento mi piaceva, il sole lo inondava di una luce calda e morbida.

Finalmente Tristan si fermò e mi porse una mano lasciando i miei fianchi. L'afferrai decisa guardando i suoi capelli biondi e perfettamente disordinati. Mi tirò verso di sé e prima che potessi ridere di nuovo mi baciò.

Una sua mano salì fino ai miei fianchi e tirò leggermente i jeans verso il basso.

«Vorrei toglierti questi cosi *fastidiosi*.» Tristan sospirò.

Le pareti della stanza iniziarono a vorticare intorno a me. Mi staccai da lui, nascondendo la testa contro il divano. Mi vergognavo quando faceva così.

«Che c'è? Ho detto la verità» lo sentii sghignazzare, aveva notato il mio imbarazzo. Rise, mi diede due teneri baci sugli zigomi e posò una mano sul mio ginocchio. «Ti prenderei e ti sbatterei contro il muro e...»

«Smettila» urlai dandogli dei piccoli pugni sul petto. Sapevo che mi stava prendendo in giro, nonostante fosse così sfacciato non si era mai dimostrato insistente. Aveva rispettato i miei tempi e la distanza che avevo messo tra noi. Mi piaceva il fatto che scherzasse.

Subito dopo calò il silenzio, rimasi a fissare le iridi chiare di Tristan. Appoggiando la testa sulla mia mano, una ciocca di capelli gli era caduta sulla fronte. Mi morsi il labbro allungando le dita verso essa, lentamente la scostai da un lato. Era bellissimo.

«A cosa stai pensando?» sussurrò.

Alzai le spalle. «Tu mi avresti lasciato?»

Mi accorsi della stupida domanda solo quando scivolò fuori dalle mie labbra, sembrava sensata nella mia mente. Per un secondo ebbi paura della sua risposta. Eravamo ancora in quella fase strana, in cui non si sa cosa si *è*, non ne avevamo neanche mai discusso.

«Di cosa stai parlando?» mi chiese.

Sorrisi appena. «Avresti fatto come Luke? Mi avresti lasciata?»

Adesso l'argomento aveva ancora meno senso, avrei voluto tirarmi uno schiaffo.

«Sei troppo presa da questa storia» sussurrò accarezzandomi.

Già sentito, alzai gli occhi al cielo. «L'hai già detto, ma raccontare storie è quello che voglio fare nella vita. Studio per questo, per diventare una scrittrice. Sarebbe strano se non mi interessassi a quello che faccio» risposi.

Lo vidi pensarci su prima di annuire stringendo le labbra.

«Quindi,» continuai «cosa avresti fatto?»

«Non sarei stato così stupido da lasciarti andare.»

La naturalezza con cui disse quelle parole mi lasciò esterrefatta.

Tristan mi prese per le spalle, mi avvicinò al suo petto e si sdraiò sul divano portandomi sopra di lui.

«Ti avrei tenuta con me perché sono egoista» sospirò.

«Mah, chissà, magari un giorno il destino...»

«Cazzate,» mi interruppe portando una mano sulla mia guancia, mi avvicinò ancora di più al suo viso e mi diede un bacio sul mento «il destino è per i perdenti. È solo una stupida scusa per aspettare che le cose accadano invece di farle accadere.»

Mi diede un altro bacio, questa volta sulla mascella.

«A volte, però, ci serve del tempo per capire quello che desideriamo. Meglio accorgersene tardi che mai» osservai.

Premette le labbra contro le mie scuotendo la testa. «No, non è vero, quando è tardi è tardi e basta. Infatti lui l'ha persa.»

Mi stupii della sua saggezza, non aveva mai mostrato questo lato di sé. Gli presi una mano e gli baciai i polpastrelli.

«Faresti una cosa per me?» chiesi sussurrando contro la sua mano, potevo sentire il calore del mio respiro tornarmi indietro e scaldarmi le guance come una carezza.

Tristan annuì sicuro portando le sue dita sulle mie labbra e accarezzandomele. Un lampo luminoso gli attraversò gli occhi grandi.

«Canta.»

Lo vidi fare una smorfia e aprire la bocca per parlare, ma lo zittii. «Hai detto di sì, Tris, quindi canta» ordinai ridendo.

Lui mi prese un polso spostandomi di più contro il suo petto. «Non chiamarmi Tris, ti prego.»

«Okay, *Tris*» risposi marcando il nome divertita.

Lo vidi irrigidirsi, posare una mano sul mio fondoschiena e darmi un colpetto. Poi la sua mano risalì sulla mia schiena accarezzandomela.

Ridacchiai. Lo sentii schiarirsi la voce e nascosi la testa contro il suo collo stringendogli la spalla.

«*I was walking away, but she's so beautiful it made me stay.*»

Sentivo la sua voce entrarmi nell'orecchio mentre lo sfiorava con le labbra. Fece una piccola pausa premendole contro il lobo.

Continuò a cantare parole che non conoscevo, ma ascoltavo attenta e curiosa.

Sorrisi contro la sua pelle e strinsi più forte la sua spalla contro le mie dita.

Poi, quando sentii la sua mano lasciarmi la schiena, alzai lo sguardo e rividi quel lampo luminoso nei suoi occhi. Ero incantata.

Le luci stroboscopiche e la musica del Red Neck gli offuscavano i sensi. Luke si agitò nervosamente sullo sgabello quando vide la rossa riavvicinarsi.

«Senti, vattene, sul serio. Non è serata» ordinò.

La ragazza aggrottò la fronte e, allontanandosi dal balcone, alzò il dito medio. «Sei un cafone!»

Luke alzò gli occhi al cielo prima di girarsi verso Caleb seduto alla sua destra. «Non dire niente» lo liquidò portando la bottiglia di birra alle labbra.

Cercò di non urlare quando una mano si posò sulla sua spalla. Si girò di scatto trucidando la ragazza con la coda bionda che si stava mordendo il labbro inferiore. Il vestito nero le aderiva al corpo come una seconda pelle.

«Posso aiutarti?» sputò disgustato.

«Be', mi chiedevo se ti andasse...» Sorrise.

Luke rise mentalmente, quante volte aveva usato lui quella frase per rimorchiare? Troppe.

«Sai,» continuò la ragazza in imbarazzo «la pista è quasi vuota e...»

«Sono gay» la frenò.

Caleb girò la testa verso il barista per non scoppiare a ridere davanti all'amico e alla bionda.

Luke osservò con sollievo la ragazza annuire dispiaciuta e scomparire nella folla in pista.

Caleb rise rumorosamente piegandosi contro il bancone. «Gay?» Ridacchiò. «Bene, allora forse è meglio che vada a fare un giro prima che ci provi con me.»

Luke alzò gli occhi al cielo per la seconda volta ma si lasciò scappare un sorriso, avvicinandosi all'amico che subito si ritrasse.

«Se mi tocchi la coscia me ne vado, immediatamente.»

Risero tutti e due e fecero scontrare il vetro delle bottiglie di birra bionda come era loro abitudine.

«Devo chiedere ad Hayley dove ha nascosto la tua bambola Voodoo, perché non riesci a controllare te stesso» sospirò Caleb.

Luke si irrigidì. «Perché dici questo?» chiese a bassa voce.

La musica del locale si alzò, e Luke ripensò alla serata trascorsa lì con Hayley, alle canzoni che aveva cantato per lei... Scosse la testa per allontanare quei ricordi.

«Hai rifiutato *due* ragazze» osservò. «Ti ha fatto il lavaggio del cervello. Io non ti riconosco, amico...»

«Basta» gli intimò Luke accantonando il suo tentativo di alleggerire la situazione. «Basta parlare di Hayley. Ormai è un capitolo chiuso. Non mi importa più di lei» mentì.

Caleb ridacchiò intuendo il vano tentativo dell'amico di tirarsi su raccontandosi un mare di bugie. Vide la porta del Red Neck spalancarsi e il suo sorriso si allargò. «Quindi non ti importa sapere che Hayley è appena entrata nel locale» commentò bevendo un sorso di birra e indicando con il mento il fondo della sala.

Luke si girò di scatto.

37

AMNESIA

Strinse le dita intorno alla bottiglietta di vetro mentre catturava tra i denti il labbro inferiore, stuzzicando il piercing con la lingua.

La vista di Hayley gli provocava una strana sensazione. Strinse più forte la bottiglia verde quando vide un braccio afferrarle la vita e un viso magro avvicinarsi alla sua guancia.

I capelli e la bandana del ragazzo che era con lei erano inconfondibili. La sua mente, senza che lo volesse, fece un salto nel passato. Tornò, chissà perché, a un pomeriggio di primavera come tanti... Gli parve di risentire la stoffa della bandana sotto le dita, il profumo di ammorbidente che gli riempiva le narici...

«Allora, Jeremy» annunciò Axel rientrando nella sua stanza, piena di poster di rock band a lui sconosciute. «Scegli tu quale indossare.»

Era un pomeriggio di primavera come tanti. Luke aveva seguito il fratello a casa dell'amico, e si divertiva a osservarli mentre si preparavano per uscire con due ragazze. Jeremy e Axel erano i suoi miti, un giorno sarebbe diventato esattamente come loro.

Axel alzò le mani facendo penzolare davanti a Jeremy due pezzi di stoffa colorata.

«Sono bandane?» chiese Luke, pieno di ammirazione. Avrebbe voluto averne una anche lui. «Ne avete una per me?»

«Spiacente, Lukey, ho solo queste due. Allora, Jeremy, rossa» agitò un braccio «o verde?»

Luke si accigliò, sentendosi escluso.

Jeremy alzò gli occhi al soffitto. «Marmocchio, ti prometto che poi te ne comprerò una, okay?»

«Promesso?»

«Promesso.» Jeremy annuì sorridente.

«Ma almeno me la fate provare?»

«Okay, va bene» rispose Jeremy esasperato. Prese dalle mani di Axel la bandana verde e la sistemò sulla testa del fratellino. L'odore intenso della stoffa gli colpì il naso e Luke lo inspirò a fondo. Aveva una sensibilità particolare per gli odori, spesso la sua memoria li registrava ancora più degli eventi.

Quando Jeremy ebbe terminato di sistemargli la bandana, lui e Axel lo guardarono in silenzio. Quindi, dopo aver cercato inutilmente di trattenersi, scoppiarono in una risata fragorosa. Luke non capiva...

«Perché ridete?»

Jeremy, senza riuscire a dire una parola, guidò Luke fino allo specchio.

«Sembri una ragazzina» constatò.

Era vero. Quella bandana non gli dava affatto l'aria da duro che aveva sperato. Sembrava davvero una ragazzina dai grandi occhi azzurri e dai lunghi capelli dorati... Luke se la strappò dalla testa con rabbia. Jeremy e Axel scoppiarono di nuovo in una risata incontenibile, mentre i suoi occhi si velavano di una profonda vergogna.

«Lukey.»

Il ragazzo allentò la presa sulla bottiglia e si voltò verso Caleb. «Cosa?» chiese confuso.

«Vuoi che andiamo via?»

Luke si guardò intorno, avrebbe voluto rispondere di no, urlare che non gli interessava, bere altre birre per ignorare quel fastidioso dolore allo stomaco, baciare altre ragazze per dimenticare... Ma non poteva farlo.

Solo in quel momento si accorse di quanto fosse cambiato. Di quanto avesse imparato a considerare le altre persone, di quanto gli importasse anche se non gli piaceva ammetterlo.

Così annuì, abbassando lo sguardo. Si alzò velocemente e Caleb lo imitò. Si fecero largo tra la pista per raggiungere l'uscita e per poco non si ritrovò a terra quando qualcuno l'urtò.

«Scusa amico!» si sentì dire. Una bandana verde lo colpì come un pugno in un occhio. Serrò le labbra.

Axel lo fissò senza dire niente, poi spostò lo sguardo sulla ragazza al suo fianco: Hayley non si era accorta di niente e continuava a dare le spalle al gruppo di ragazzi.

Luke capì dallo sguardo di Axel che voleva che se ne andasse. E lo fece.

Per una volta fece qualcosa per gli altri, per *lei*.

Hayley non doveva vederlo, non doveva ricordarlo.

Varcò la porta del Red Neck senza guardarsi indietro, tutto ciò che desiderava era trovare un modo per dimenticare.

Una volta fuori si piegò sulle ginocchia premendo le mani sul viso.

«Luke, stai bene?» chiese Caleb.

Silenzio.

«Luke, mi sto preoccupando.»

«Non riesco a non pensare al nostro ultimo bacio,» sospirò «a come la sentivo, al suo sapore.» Si alzò sistemandosi i capelli con le mani tremanti. «A volte mi chiedo se è successo tutto veramente o me lo sono solo immaginato. Non sto bene, Caleb, per niente!» L'aria fredda della notte non bastava a farlo raffreddare. Il calore si era impadronito di lui.

Caleb non poteva far altro che guardare.

«Per quanto mi sia sforzato di dimenticare il passato, di dimenticare lei...» sbuffò stanco «ci sono ricordi da cui non potrò mai scappare.»

Caleb abbassò lo sguardo verso l'asfalto quando lo sentì singhiozzare, non lo aveva mai visto piangere prima di allora.

«Vorrei potermi svegliare con un'amnesia, e dimenticare tutto» continuò con voce rotta. «Perché no, non sto bene per niente.»

Caleb si avvicinò appoggiandogli una mano sulla spalla. «Io non capisco, Luke, sei stato tu a lasciarla andare.»

«Sì, e lo rifarei, Caleb. Per la prima volta nella mia vita, ho fatto la cosa giusta. Non sopporterei di vederla soffrire a causa mia. E io potrei darle solo dolore.» Sorrise asciugandosi le lacrime. «Preferisco soffrire io e vedere lei felice, senza di me. Però fa male vederla scivolare via dalle mie dita così facilmente.»

Sentii Hayley fare un sospiro strozzato. I suoi occhi erano velati da uno strato di lacrime mentre si copriva la bocca con la mano avvolta nel maglione.

«Se solo avessi saputo cosa sarebbe successo dopo, te lo giuro, Irma,» due lacrime trasparenti ma piene di rimpianti scivolarono dagli angoli dei suoi occhi chiari «ti giuro che avrei fatto qualsiasi cosa per evitarlo, per salvare tutti noi.»

Sentii una mano stringermi un avambraccio e lentamente mi girai verso Tristan. Se avessi saputo che lei sarebbe stata così male non l'avrei invitato a venire. Avrei scelto un altro giorno per presentargli Hayley.

Mi rigirai verso di lei. I suoi occhi erano tornati normali, e adesso si fissava le mani giunte sul bordo del tavolo.

«Vorrei che tutti dimenticassero. Per questa ragione sono andata via dal Maryland, volevo dimenticare e volevo che gli altri si dimenticassero di me. Ma ho capito che solo raccontando quello che è successo, forse riuscirò davvero a voltare pagina.»

38

IMPOSSIBLE

I bottoni dei jeans stretti premevano contro la sua pelle, la sedia su cui era seduto era tremendamente scomoda. Luke piegò il busto in avanti e appoggiò le braccia sul banco. Abbassò lo sguardo sulla superficie di laminato bianco e se ne pentì subito.

Al centro c'era un'incisione: LEGO HOUSE.

Era il titolo di una delle prime canzoni che aveva cantato per lei. Quel giorno era impresso nella sua memoria.

Premette la mano contro la scritta sperando che scomparisse, e quando la ritrasse quel ricordo era ancora più nitido. Un grugnito lasciò le sue labbra prima che la pioggia iniziasse a colpire il vetro di fianco a lui distraendolo. La voce del professore gli giungeva come un sottofondo ovattato. Osservò come le goccioline aumentavano il ritmo picchiettando contro la lastra di vetro, come rallentavano e man mano cessavano di cadere, per poi ricominciare. Erano imprevedibili, fuori controllo, come i suoi ricordi, come la sua mente. Impossibili da tenere a bada.

«Posso chiederti una cosa?»

Luke staccò gli occhi dalla finestra e fissò il ragazzo accanto a sé. «Certo» biascicò a Caleb appoggiando la testa su una mano.

«La prima volta,» si avvicinò per far meno rumore, tutta la classe dava attenzione al professore «la prima volta che l'hai vista, cos'hai provato?»

Luke fremette sulla sedia di legno. Per lui non era facile parlare di certe cose. «Camminava sul marciapiede e faceva andare a fuoco i miei occhi. Mi sembrava bella e irraggiungibile come una dea, eppure allo stesso tempo così piccola e pura da far diventare bambino pure me.»

Fissava davanti a sé senza guardare niente. Rivivendo nella mente quel momento, ne colse per la prima volta l'intensità. Ma ormai era passato, era solo un ricordo.

«Potevo sentire il suo profumo anche da metri di distanza.» Rise nervosamente. «E quando la vidi allontanarsi, fu come se una parte del mio corpo si fosse staccata da me, lasciandomi senza respiro.»

Caleb lo guardò sorridendo, e Luke ricambiò il sorriso. Era l'unica persona con cui riusciva a parlare, anche se a fatica, delle proprie emozioni, e si rendeva conto che gli faceva bene.

La campanella suonò e i due ragazzi si incamminarono verso l'uscita. Luke sussultò quando nei corridoi venne tirato per un braccio. Guardò sorpreso il volto di James.

«Luke, è vero che ora Hayley sta con un altro? Scommetto che la annoiavi con le tue paranoie da cattivo ragazzo depresso.»

James rise rumorosamente prima di ritrovarsi contro la parete bianca. Luke lo teneva per la gola, aveva le labbra serrate e la mascella tesa.

«Cos'hai detto, Lewis? Credo di non aver sentito bene» sputò avvicinando il viso a quello del ragazzo.

«Prima o poi mi farò anche io quella stronza, stanne certo!» riuscì a dire James.

Luke strinse di più la presa, mentre James si portava le mani alla gola per cercare di fermarlo.

«Non ti permettere di parlare di lei in questo modo. Sono stato chiaro?» gli intimò schiacciandogli con l'altra mano la spalla contro il muro. «Sono stato chiaro?» ripeté quasi urlando.

«Luke!» Una voce roca e profonda tuonò dal fondo del corridoio.

Luke lo lasciò libero dopo avergli tirato un pugno sullo zigomo. Due braccia lo presero da dietro allontanandolo dal muro.

Solo allora si accorse che intorno a loro un gruppo di curiosi si era fermato a guardarli. Caleb lo trascinò dentro un'aula. Luke afferrò un banco e lo scagliò contro il muro per poi urlare e guardare l'amico chiudere la porta dietro di lui.

«Luke, abbiamo problemi più gravi di quel coglione di James» sbraitò Caleb.

«La prossima volta gli spacco la faccia!»

«Lukey, ascoltami!»

«Che c'è?» rispose fuori di sé. Passava gli occhi da una parte all'altra dell'aula cercando qualcosa da spaccare.

«Mi è arrivato un sms, mentre discutevi con James» disse. «Lo Yell è iniziato.»

«Pronto?» rispose Hayley ridendo, mentre faceva segno ad Axel di allontanarsi.

Lui mise su una specie di broncio e l'attirò a sé sul divano.

«Hayley, ciao.»

Sentire la voce di Ryan la mise in allarme. Ormai non si frequentavano quasi più, fuori dalla scuola. Guardò Axel accarezzarle i fianchi e darle un bacio leggero sulla guancia.

«Ciao Ryan, è successo qualcosa?»

Axel davanti a lei aggrottò la fronte e mollò la presa. Hayley scosse la testa mimandogli di non preoccuparsi.

«Sei sola?»

Hayley si alzò e andò in cucina. Si chiuse la porta alle spalle e si sedette sull'isola bianca. «Ora sì, dimmi.»

«È tutto una merda, Hay» esordì Ryan singhiozzando.

«Ehi, ehi, calmati e dimmi cos'è successo» la incoraggiò Hayley, utilizzando un tono rassicurante.

Sentì Ryan singhiozzare ancora prima di lasciarsi andare a un pianto liberatorio. «Lo Yell è iniziato.»

39

SOMEBODY TO YOU

Teneva lo sguardo fisso sul soffitto. Quante cose si potevano vedere nel bianco? Hayley le stava guardando tutte; in quel candore i suoi errori risaltavano ancora di più, sottolineati dalle crepe che segnavano l'intonaco rovinato dagli anni.

Chiuse gli occhi. Il bianco le stava dando alla testa.

Si alzò dal letto e osservò la sua camera, aveva bisogno di colori. Aprì l'anta dell'armadio e passò in rassegna i vestiti, indecisa su cosa indossare. La manica di un trench le sfiorò il viso. Era di Evie, glielo aveva dato l'ultima volta che era tornata a casa, perché lei non lo metteva più. Appoggiò la guancia su quel tessuto che aveva ancora il profumo della sorella. Chiuse gli occhi e lo inspirò avidamente, mentre le parole di sua madre riecheggiarono chiare e nette nella sua testa.

'Vai in Inghilterra.'

Sentì bussare alla porta. «Hayley?»

Spalancò gli occhi. La figura di sua sorella apparve sulla soglia, luminosa e perfetta come sempre

«Va tutto bene?» le chiese.

Hayley scosse la testa.

La sorella la scrutò preoccupata. «Posso entrare?»

Annuì. Evie entrò, la prese per mano e la portò verso il letto. Si misero a sedere, una accanto all'altra.

«Non vuoi partire, vero, Hay?»

«No» ammise.

«È per lui?»

Hayley rimase impassibile. Era inutile negare, Evie la conosceva come le sue tasche.

«Come si chiama? Luke?»

Hayley si risvegliò. Avrebbe dovuto arrabbiarsi e urlare 'no', dire che era Axel il ragazzo che teneva a lei, ma non poteva mentire a sua sorella. «Come fai a saperlo?» si lasciò sfuggire presa dalla curiosità.

«L'ho visto in giro, e l'altra mattina era davanti a casa nostra» ghignò.

«Davvero?» chiese stupita. Evie confermò, e lei non poté che sorridere al pensiero. Era bello che Luke pensasse ancora a lei ogni tanto, come faceva Hayley con lui.

«Lo so che non vuoi andare da papà, ma sarà per poco. Un mese passa subito, e poi Londra è bellissima d'estate. Vedrai che ti farà bene cambiare aria.»

Hayley scosse la testa. «Non voglio» sussurrò. «Non voglio andarmene.»

La notte era già scesa su Baltimora. Luke camminava svelto. Ormai quel marciapiede aveva i suoi segni, lo aveva marcato con il sudore e le lacrime. Lacrime che avevano creato solchi, crateri nell'asfalto grigio che cambiava colore a seconda del tempo.

Quando sentì l'erba fresca solleticargli le caviglie, si rilassò. Era davanti alla casa di Hayley, non con la disperazione dell'ultima volta. Ora era convinto, sicuro di ciò che voleva.

Guardò la ragazza attraverso il vetro e cercò di trattenere un sorriso mordendosi il piercing al lato del labbro. Si arrampicò sull'albero, raggiunse il balcone della sua stanza, e picchiettò contro il vetro sottile. Rise leggermente quando Hayley sobbalzò. Lo fissò per qualche istante prima di aprire, girando la maniglia. «Luke?» Le tremava la voce.

Lui si spinse dentro la stanza scuotendo la testa. «Ho fatto di tutto per dimenticarti, Hayley, ma non ce la faccio. Io ho bisogno di te.»

Si avvicinò e le accarezzò la guancia; lei rimase immobile.

«Da quando ti ho conosciuta è cambiato tutto, io sono cambiato, e adesso non posso vivere senza di te.»

Luke la guardava con disperazione, avrebbe preferito che lei urlasse, che lo insultasse, che reagisse in qualche modo. E invece stava ferma, mentre il cuore di Luke batteva all'impazzata.

«Guardami adesso, sto precipitando, Hayley.» Rise nervosamente. «Non riesco nemmeno a parlare.»

Hayley fece un passo indietro confusa dalle sue parole. «Tu... sai che esco con Axel, vero?»

Luke la prese per un braccio tirandola a sé, la strinse in un goffo abbraccio e sussurrò al suo orecchio: «Sì, lo so, lo capisco, e vorrei davvero farmi da parte, ma non ci riesco. Non mi interessa se domani tornerai da lui, voglio solo che stasera tu resti con me.»

Hayley posò le mani sul suo petto e strusciò il naso contro la sua maglietta bianca, inebriandosi del suo profumo che le era mancato tanto.

«Tu mi hai lasciata andare» sussurrò a occhi chiusi.

Luke appoggiò la mano sui suoi capelli e li accarezzò, stringendola più forte.

«Lo so, l'ho fatto per proteggerti e sono pronto a rifare lo stesso errore. Ma, ti prego, ho bisogno di te solo per questa notte.» Respirò agitato. «Solo questa notte, vieni via con me, domani mattina scomparirò. Come se non fossi mai esistito e tu potrai tornare da lui.»

Hayley alzò il viso, e lo guardò intensamente. Sapeva che era la cosa sbagliata, che probabilmente se ne sarebbe pentita un attimo dopo, ma in quel momento non le importava. Fece un respiro profondo e annuì.

Luke sorrise e la strinse forte a sé.

40

UPSIDE DOWN

Luke sbatté la portiera della macchina, girò le chiavi e partì a velocità sostenuta. Corse sulle strade come un fulmine. Poteva sentire il motore scaldarsi e salire di giri insieme alla sua agitazione.

Hayley si guardava attorno, riflettendo su quanto fosse spaventoso il modo in cui la percezione delle cose e delle persone potesse cambiare a seconda della situazione.

Quella macchina, per esempio, le aveva sempre evocato sensazioni spiacevoli, e invece in quel momento rappresentava l'entusiasmo del rincontrarsi.

Quando il motore si fermò, il cuore di Hayley si spense con essa. Quella notte non voleva avere un cuore, voleva essere impassibile alle attenzioni di Luke, domare i suoi istinti. E per poco non cedette quando lui le accarezzò la guancia. Lo ignorò e scese dall'auto.

Casa Holland era al buio, i suoi contorni sembravano indefiniti. Luke la prese per mano e la guidò fino alla porta d'ingresso.

Entrarono e lui lanciò le chiavi sul tavolino all'ingresso senza centrarlo. Imprecò a bassa voce e la ragazza ridacchiò in silenzio. Nessuno dei due accese la luce, preferivano entrambi stare nell'ombra dei loro sbagli.

Luke la guidò fino al piano superiore, la casa era avvolta da una nebbia di silenzio.

Senza fare rumore, chiuse la porta della camera da letto

dietro le spalle di Hayley. La fissò con una lentezza disarmante, sorrise quando si concentrò sul disegno della maglia del suo pigiama. Lei non aveva avuto il tempo di cambiarsi ma non le importava.

Un coniglietto stilizzato teneva stretta tra le zampe una carota mangiucchiata. Luke sfiorò il disegno e si allontanò, aprì i cassetti del suo comò frugandoci dentro, sotto lo sguardo attento della ragazza.

Lei si era appoggiata al muro, perché sentiva le ginocchia che le cedevano. Ci stava provando con tutte le sue forze, ma davvero non riusciva a pensare razionalmente e a tenere sotto controllo le proprie emozioni.

Non c'era più nessun Axel, nessuno Yell, nessuna Inghilterra... C'erano solo loro, Luke e lei.

Hayley fece un passo in avanti vedendo una fiamma accendersi in mezzo alla stanza buia. Come un fuoco d'artificio. Sorrise nel vederlo posare una candela sopra la moquette color crema.

«Luke ma cosa...?» domandò.

Il ragazzo la guardò, posò un'altra candela e poi le si avvicinò. Premette il suo corpo contro quello magro di Hayley chiudendo gli occhi. Strusciò il naso contro la sua guancia morbida e respirò il suo odore.

«Voglio che sia tutto perfetto, questa notte. Io ho bisogno di te, Hayley.»

A ogni minimo movimento, le due candele ondeggiavano minacciando di spegnersi.

Hayley gli passò una mano sul collo e agganciò un dito alla collanina di corda. «L'hai tenuta.» Sorrise stringendola tra le dita.

«È l'unica cosa che mi tiene ancorato a questo fondale» rispose sincero.

Hayley si aggrappò a quell'àncora e si alzò in punta di piedi per dargli un tenero bacio sulla guancia. Il ragazzo fece scivolare una mano sulla sua vita e intrecciò le dita dell'altra a quelle di Hayley. Iniziò a muoversi lentamente, spostando un piede e poi l'altro, seguendo un ritmo immaginario.

«Stiamo ballando?» chiese lei assecondandolo. Lo vide ridacchiare e annuire.

«Ci sono ancora tante cose che non abbiamo fatto, Hay. Intendo recuperare il più possibile, questa notte.»

«Tipo?» si lasciò sfuggire lei.

Luke le strinse di più il fianco, si piegò in avanti e posò il mento sulla sua spalla sottile. «Non abbiamo ancora fatto l'amore» sussurrò.

La ragazza si accigliò nervosa. Alzò il viso per guardare Luke. «E domani? Cosa faremo?»

Luke la strinse a sé più forte. «Lo so che è tutto un casino, che io sono un casino.» Le loro labbra si sfioravano bramose. «Lo so che è sbagliato, che noi due non siamo fatti per stare insieme, ma sai una cosa? Non mi importa. Se lo vuoi anche tu, per una notte vorrei non pensare a niente, vorrei solo stringerti e amarti.»

A quelle parole, Hayley perse definitivamente la battaglia con il proprio cuore. Guardò Luke negli occhi e lo baciò con una passione che non sapeva di avere.

«George, sei qui fuori?» Aaron uscì sul terrazzo e lo vide che guardava la strada buia, le mani strette sulla ringhiera. Gli sorrise e si avvicinò. Gli cinse la vita da dietro appoggiando la testa sulla sua spalla.

Tutti e due guardarono la strada vuota davanti a casa loro; era inquietante come Baltimora dopo una certa ora si svuotasse.

«Cos'ho sbagliato?» sussurrò George. Si passò una mano tra i capelli mossi e si voltò verso Aaron che lo guardava con le sopracciglia aggrottate.

«A cosa ti riferisci?»

«Ti ricordi la ragazza che è venuta a casa nostra?»

Aaron annuì appoggiandosi di schiena alla ringhiera accanto a lui.

«Il ragazzo che stava con lei, Luke Holland, l'altro giorno ha quasi strozzato un suo compagno.»

«Be', a quell'età non è così strano arrivare alle mani tra ragazzi, non credi? Cioè, non voglio sminuire l'accaduto, ma di cosa hai paura esattamente?»

George sospirò. La luce che proveniva dal salotto gli illuminava il viso stanco e si rifletteva sulle lenti dei suoi occhiali.

«E se facesse del male anche a lei?»

Aaron alzò gli occhi al cielo. «George, adesso basta. Sai di aver fatto il possibile. Abbiamo provato a parlare con Hayley, a farle capire che se ha bisogno può chiedere aiuto. E sai cosa penso? Che tu la stia sottovalutando. A me non sembra la ragazza fragile e indifesa di cui parli. A mio avviso Hayley è molto più forte di quanto tu creda. E in ogni caso, George, nessuno può proteggerla dal dolore e dagli errori: fanno parte della vita, fanno parte del processo di crescita di ognuno di noi.»

«Forse hai ragione, ma se uno di loro dovesse farsi male... io non me lo potrei mai perdonare.»

Aaron si portò le mani sul viso. «Sei paranoico. Devi ritrovare una giusta distanza, smetterla di preoccuparti e lasciarli sbagliare.»

George si accigliò. «Quindi, secondo te, dovrei stare a guardare mentre si ammazzano a vicenda per un po' di amore? Perché io so che le mani intorno al collo del suo compagno, lui gliele ha messe per lei» disse alterato.

«Smettila di preoccuparti, e piuttosto sposami!»

George si voltò a guardarlo confuso. «Co... cosa?»

«Hai sentito bene.» Aaron rise e si inginocchiò con fare cavalleresco. «Sposami!»

41

BEHIND

In quella camera c'erano solo loro due. Loro e la loro passione.

I loro occhi bruciavano luminosi e risplendevano ancora di più nel buio della stanza. Le candele si erano spente, Luke e Hayley si erano accesi. Luke la strinse forte, perché sapeva che quello era tutto uno strano sogno e che all'alba lei se ne sarebbe andata.

Lui voleva farla sua almeno una volta, anche se sembrava egoista, ma era così.

Lo stesso valeva per lei, anche lei aveva quell'egoismo che la portava a volerlo.

Erano stesi sul letto a baciarsi, attenti a sentire le emozioni l'una dell'altro.

«Luke» mormorò Hayley contro le sue labbra. «Voglio fare l'amore con te.» Aveva paura, le guance rosse sottolineavano la sua inesperienza, ma si sentiva pronta, era quello che desiderava.

Il ragazzo spostò le braccia per circondarle le spalle. La guardò da sopra il suo corpo venerandola. Anche lui la desiderava, ma tutto a un tratto non era sicuro che fare l'amore fosse la cosa giusta per lei.

Hayley pensò di aver fatto una mossa sbagliata, quando lui si sedette al suo fianco.

«*Hay*, non hai idea di quanto lo desideri anch'io, ma non voglio farti del male.»

Lei scosse la testa, lo tirò per la maglia portandolo davanti a sé.

«Te lo sto chiedendo io questa volta, Luke» sussurrò. «Ti prego.»

«Te ne pentirai, come *lei*.»

«Lei chi?» domandò.

«È una brutta storia, e io non ne esco proprio bene.»

«Non importa» rispose decisa.

Lui le accarezzò un braccio e le diede un bacio all'angolo della bocca. «È stata l'unica ragazza, a parte te, per cui ho sentito di provare davvero qualcosa. Mi riferisco a Charlotte.»

Sorrise tristemente. «Con lei è finita male, te l'ho già detto, è andata via, lontano da me. Scusami, non mi va di parlarne di nuovo, ma non voglio che succeda lo stesso con te.»

«Non accadrà, Luke. Io voglio solo che tu mi ami, per una notte. So quello che voglio, non ne sono mai stata più sicura.»

Si guardarono e Hayley lo attirò più vicino a sé. Luke iniziò a spogliarla, il suo desiderio ebbe la meglio sulla paura.

«Cosa devo fare?» gli chiese lei ansimando. Aveva i capelli biondi arruffati come grano al vento, le labbra rosse e gonfie come ciliegie.

«Amami» disse lui baciandola. «Perché ne ho davvero tanto bisogno.»

Erano sul letto, nudi, e stavano per diventare una sola cosa.

Luke a poco a poco la fece sua, soltanto sua, per la prima volta. Fu tutto così dolce e lento. Si lasciarono trasportare dalla passione, come da onde che li avrebbero trascinati alla deriva dei sogni che si erano lasciati alle spalle. Il respiro affannato di Hayley si infrangeva contro il viso madido di Luke e lui si sentì senza fiato.

Quante volte era stato senza fiato? Da quando aveva conosciuto Hayley, tante.

«Luke» lo chiamò.

Il ragazzo alzò la testa verso di lei e si infuocò.

«Baciami» riuscì solo a dire Hayley prima di chiudere gli occhi.

Quando entrambi raggiunsero l'apice del piacere, Hayley

sentì che in quel preciso momento stava dicendo addio a Luke.

«Lo giuro» assicurò Caleb prendendo la mano di Ryan e portandosela davanti al viso.

«Cosa?» chiese lei ridendo.

La fece girare su sé stessa per poi abbracciarla. «Ti comprerò un anello vero» disse.

Ryan si sporse verso il suo viso, i loro nasi si sfiorarono. «Non devi» biascicò prima di baciarlo.

«Ma voglio,» rispose lui staccandosi da lei «la mia ragazza deve avere solo il meglio.»

Ryan rise e Caleb la strinse tra le braccia.

«Ma per il momento dovrai accontentarti di un pacchetto di patatine che ti aspetta sulla moto» sentenziò.

Ryan annuì divertita.

«Credo di amarti.»

Ryan alzò lo sguardo. Non era la prima volta che le diceva quelle parole, ma ogni volta per lei era come se lo fosse.

«Allora non andremo allo Yell.»

«Cosa?» chiese Caleb corrugando la fronte.

«Non voglio che ti faccia male in quella stupida gara.» I suoi occhi si incupirono.

Caleb scosse la testa prima di baciarla. «Luke ha bisogno di me, ne abbiamo già parlato.» Un tremolio li fermò.

Caleb tirò fuori il cellulare dalla tasca e posizionò lo schermo in modo tale che anche Ryan potesse vederlo.

'Chiudete gli occhi, ragazzi, lo Yell è iniziato!'

42

END UP HERE

Scelte.

Si tratta sempre e solo di scelte.

E quelle fatte da Hayley la portarono su quella strada di pietre e polvere. Osservava il gruppo di ragazzi davanti a sé. Li guardava con disprezzo andare alla deriva, tra luci e motori.

Lei non avrebbe dovuto essere lì. Ma quattro parole dette al momento giusto possono farti cambiare idea.

«Luke è allo Yell, volevo solo che lo sapessi. Non voglio commettere gli stessi errori del passato, nascondendoti cose» aveva sospirato Ryan all'altro capo del telefono. Hayley le aveva promesso che non avrebbe fatto niente e che se ne sarebbe stata tranquilla a casa, ma alla fine si era precipitata lì.

Aveva lasciato Axel, o meglio gli aveva detto cos'era successo la sera prima e lui, semplicemente, se ne era andato senza dire niente. Forse era stato meglio così.

Strusciando le sue Converse grigie sul terreno, Hayley si diresse verso il capannone. Continuava a chiedersi come diavolo fosse finita lì, forse avrebbe dovuto dare ascolto a Luke e, dopo la notte trascorsa insieme, voltare pagina per cancellarlo dalla sua vita.

All'interno il capannone era pieno di persone, fumo e rumori, e quando Hayley vide Luke tenere stretto il manubrio della moto capì di aver fatto le scelte sbagliate.

Fece solo qualche passo verso di lui e una mano la bloccò. «Hay, cosa diavolo ci fai qui?» Ryan la guardava sorpresa e preoccupata. «Mi avevi assicurato che...»

«Lo so, ma dovevo fare qualcosa, Ryan» rispose, disperata.

«Luke mi ammazza se scopre che sei qui, e poi ammazza te.»

Hayley alzò le spalle allontanandosi dall'amica. Andò spedita verso la moto che ruggiva, sembrava un lamento. «Luke!» urlò.

Quando gli fu abbastanza vicino gli cinse la vita e appoggiò la testa sul suo petto. Si sentì spostare con forza.

«Perché non sei a casa?» chiese confuso e arrabbiato.

«Non voglio che tu corra» spiegò lei.

Luke la prese per le spalle e si guardò intorno impaurito. «Devi andartene, Hayley,» sussurrò «adesso.»

«Solo se vieni con me. Ti prego» lo supplicò.

«No, dannazione, io devo gareggiare per forza, ma tu devi andartene.» I suoi occhi saettavano da una parte all'altra. Stava sudando.

«Allora corro con te» disse seria.

Luke strinse la mascella. «Non essere stupida. Te ne devi andare, non sto scherzando!» La prese per il collo e le accarezzò la guancia con il pollice. «Ti scongiuro,» la baciò «va' via.»

Hayley afferrò la sua felpa e lo tirò verso di lei.

«Io non valgo niente» soffiò lui. «Io posso rischiare. Ma tu no, tu non dovresti neanche essere qui.»

«Perché? Basta solo che non arriviamo né ultimi né primi. Ryan mi ha spiegato le regole» cercò di convincerlo.

«Tu non capisci!» Luke appoggiò la fronte su quella di Hayley. «Tu perderesti in ogni caso, devi andartene!»

Hayley lo guardò confusa quando notò i suoi occhi lucidi. Sembrava fuori di sé. All'improvviso, sentì una presa tirarla lontano da lui.

«Dannazione!» esclamò Luke. Era come un animale in gabbia, furioso e allo stesso tempo impotente. Abbassò gli occhi, come se non potesse assistere alla scena. Sembrava disperato.

Hayley si ritrovò tra le braccia di un ragazzo dai capelli verdi. La trapassava con gli occhi azzurri, quasi bianchi. Un sorriso inquietante decorava il suo viso pallido. Confusa, provò a divincolarsi con tutte le sue forze.

«Hayley, finalmente, ho sentito *tanto* parlare di te.» Rise. «Andiamo.»

Lo sconosciuto la trascinò verso il centro del capannone.

«Luke! Luke!» urlò lei con voce strozzata, cercando di liberarsi dalla presa ferrea del ragazzo.

Luke sembrava assente. Senza fare e dire niente, teneva lo sguardo basso.

«Luke!» urlò lei dimenandosi.

Perché non la guardava? Perché non la salvava? Il ragazzo dai capelli verdi la tirò in mezzo alla pista, c'era troppa gente.

«Lukey» bisbigliò Hayley un'ultima volta con in bocca un sapore salato.

Lui non si girò.

«Che cazzo sta succedendo?» sbraitò Ryan avvicinandosi a Luke. Caleb la bloccò prima che potesse aggredire l'amico.

«Qualcuno mi spiega perché cazzo Maxwell stava trascinando Hayley verso il palco?» chiese ancora.

Luke e Caleb si guardarono. L'ultimo dei due parlò: «All'apertura delle iscrizioni per lo Yell, Luke non aveva soldi, e aveva appena conosciuto Hayley...»

Ryan lo bloccò con un gesto della mano. Non aveva bisogno di altre spiegazioni.

«*Cristo*, Luke!»

Seduto sulla moto accesa, Luke teneva ancora lo sguardo basso. «Hayley non è il premio» biascicò lui. «È la quota.»

43

YES

Voltò la testa di lato quando la mano di Ryan lo colpì sullo zigomo.

«Devi fare qualcosa, prima che inizi la gara» sputò la ragazza.

Caleb la prese per le braccia.

«Non posso fare niente, Ryan, non sai quanto vorrei» urlò Luke sopra al rumore.

I motori delle altre moto si stavano scaldando, dalle marmitte usciva un fumo denso che offuscava le idee.

Ryan si avvicinò prendendolo per il colletto della giacca di pelle, lo guardò dritto negli occhi. «La ami, Luke?»

Tre semplici parole, l'unica domanda che avesse senso, eppure la più dolorosa, quella che lo tormentava da mesi.

«Rispondimi con la mente, il corpo e lo spirito. Lo capirò se mentirai.»

Gli occhi di Luke si fecero vacui. Davanti a sé vide il volto dolcissimo di Hayley. «Sì» disse con un filo di voce.

«Bene,» sorrise la ragazza «se l'hai persa per una scommessa puoi riprendertela con un'altra, no?»

Caleb guardò l'amico prima di annuire pensandola allo stesso modo.

Luke scese dalla moto e si diresse verso il palco. Camminò con il cuore in gola, vedendo Maxwell stringere Hayley per un fianco.

Gli venne quasi da vomitare, solo lui poteva toccarla in quel modo.

«Brant!»

Il ragazzo dai capelli verdi lo guardò.

«Holland, non dovresti essere sulla tua moto? Stiamo per iniziare» lo schernì.

«La rivoglio» rispose Luke.

Maxwell strinse la presa su Hayley facendola urlare.

Luke chiuse gli occhi non potendo resistere.

«Troppo tardi, Lukey, dovevi pensarci prima» soffiò prima di avvicinarsi al viso di Hayley sfiorandole una guancia.

Luke scattò in avanti. «Bastardo!» urlò. «Non toccarla!» La prese per un braccio e la trascinò dietro di sé, facendole da scudo. «Facciamo una scommessa. Se vinco lo Yell, la ragazza torna a casa con me.»

Luke sentì la mano di Hayley stringergli la maglietta e si tranquillizzò. Quel gesto era come un perdono per lui.

«Fanculo le scommesse, fanculo lo Yell!» rispose Maxwell. «La risolviamo alla vecchia maniera.»

Ghignò; lo osservarono portare un pugno in aria per poi scontrarlo con l'altro palmo.

Luke annuì.

Quando si spostarono fuori, nel campo di grano, i motori delle moto si spensero.

L'attenzione era totalmente rivolta a loro. Luke e Maxwell erano diventati lo spettacolo.

Pugni.

Calci.

Urla.

Mani serrate.

Nocche arrossate.

Visi distrutti.

Luke finì sopra Maxwell, le sue gambe gli cingevano i fianchi mentre continuava a colpirlo. Per Hayley, si ripeteva. *Per tutto il dolore che le ho causato, per tutto quello che le causerò, e perché la amo così tanto da voler vivere.*

Accecato dai fari e stordito dalle urla, Luke non si accorse che il ragazzo aveva tirato fuori qualcosa da sotto la maglietta.

Non vide neanche quando si scostò dal suo corpo, rotolando di lato. Sentì solo un urlo profondo, mentre dei capelli scuri gli solleticavano il viso.

«Io e Ryan eravamo diverse per molti aspetti, ma simili per tanti altri.»

Hayley strisciò la sedia a terra per alzarsi. Prese una foto da un cassetto e me la porse.

Ryan sorrideva al suo fianco, mentre stringeva la vita di un ragazzo che doveva essere Caleb.

«Eravamo tutte e due affascinate dal pericolo.» Sorrise malinconica. «Per me lei era importante, la sola amica che avessi mai avuto in quella scuola.»

Tristan incrociò le braccia al petto guardando Hayley con attenzione.

«Dopo un periodo in cui ci eravamo allontanate, finalmente ci stavamo riavvicinando» soffiò. «Io non avevo mai smesso di volerle bene, e lei quella sera mi dimostrò ancora una volta quanto tenesse a me.»

Strinsi le dita intorno alla mia Bic, ascoltandola.

«Quando il cerchio di folla attorno a Luke e Maxwell si aprì, Ryan era stesa a terra. Aveva lo sguardo vuoto, assente, mentre io, incredula e impotente, la guardavo morire.»

44

BAD DREAM

I ragazzi di quel genere li conosci. Sai che saranno i primi a voltarti le spalle e gli ultimi a sorriderti.

I ragazzi di quel genere te li immagini seduti nelle ultime file della chiesa, ad ascoltare in silenzio mentre tutti gli altri pregano.

Ma anche se non sapevano le parole delle preghiere, quel giorno erano in prima fila, con gli occhi gonfi di lacrime trattenute a stento e gli sguardi bassi. Come Caleb, che per una volta capì che non poteva tenere sotto controllo la situazione. Era diventato la metà di un uomo che, nel migliore dei casi, poteva solo stare male. Rigido, perché sapeva che sarebbe crollato se si fosse lasciato andare. Rotto in mille pezzi, mentre dal suo collo pendeva una cravatta blu, così fuori luogo su di lui.

Erano tutti vestiti eleganti, non sembravano davvero loro. Tutti, a parte la madre di Ryan che indossava un abito scuro sgualcito. Non aveva avuto il tempo di stirarlo e chissà da quanto tempo lo teneva nascosto nell'armadio. Stringeva la mano di suo marito, come se fosse l'unica certezza in quella chiesa. Suo fratello Dre rimaneva in silenzio e basta, senza emozioni, forse doveva ancora incassare il brutto colpo ricevuto dalla sorte.

Tutto era fuori luogo tra quelle mura di mattoni freddi. Anche Ryan lo era, quella bara non era il suo posto.

Caleb tese la mano alla sua destra, lei stava sempre lì. E anche in quel momento doveva esserlo, ma non c'era.

Alla sua sinistra, oppresso dalla disperazione e dai sensi di colpa, Luke si sentiva soffocare. A metà cerimonia non ce la fece più e uscì. Hayley lo vide e lo seguì fuori.

«Luke?» lo chiamò, con voce bassa, non aveva le forze per urlare.

Il ragazzo si passò un dito all'interno del colletto della camicia per allentarlo e si voltò verso di lei.

Hayley lo fissava, le braccia stese lungo i fianchi. A un suo cenno del capo, si avvicinò e posò una mano sul suo viso martoriato. Aveva gli zigomi lividi, le labbra gonfie e spaccate.

«Voleva regalarle un anello» soffiò lui. «Lo sapevi?»

Hayley annuì e chiuse gli occhi nel vedere quelli di Luke diventare lucidi. Le fece male al cuore sentirlo singhiozzare.

«Facevano progetti, sai?»

«Basta, Luke» sussurrò Hayley.

«Avrebbero avuto dei figli, probabilmente.» Parlava nel vuoto.

Hayley lo avvolse in un abbraccio e lo strinse forte a sé. «Smettila Luke, ti prego.»

«Come faccio a smetterla? Come faccio a non pensare a tutto quello che le ho portato via?» Si staccò dal suo abbraccio e scaricò dei pugni contro la saracinesca di un garage.

Hayley lo lasciò sfogare, finché non si fermò, affannato e con le nocche sanguinanti. «Luke,» disse poi con un filo di voce «me ne vado.»

Luke si sfregò gli occhi gonfi e la prese per le spalle. «Cosa stai dicendo?» tuonò confuso.

«Vado in Inghilterra, mi obbligano ad andarci, Luke.»

«Quando?» parlò veloce prima di premere la fronte contro quella di Hayley, aveva bisogno di un contatto. «Possiamo scappare se vuoi, andare via da questo schifo di città.»

«Parto la prossima settimana, sono mesi che mia madre organizza il viaggio. Trascorrerò l'estate a Londra, con mio padre. Io non avrei voluto, ma forse è la cosa migliore» ammise.

Luke le prese il volto tra le mani. «Ti amo, Hay, non lasciarmi da solo. Proverò a cambiare, te lo prometto» la pregò tra i baci.

«Non è colpa tua» singhiozzò lei.

«Non lo è mai ma alla fine lo è sempre, vero?» Strinse più forte.

Hayley scosse la testa prima di baciarlo, mentre si aggrappava istintivamente alle sue spalle forti.

Con il respiro affannato e il cuore che gli scoppiava nel petto, Caleb sentiva i suoi passi intorno a lui. Rimase interdetto quando la stanza cambiò aspetto: dal pavimento fuoriuscì un lungo bancone di legno pieno di alcolici, mentre le pareti da bianche divennero scure.

«Cal!» lo chiamò lei. «Dove mi hai portata?»

Lui si girò guardando la ragazza girovagare per la stanza vuota, sembrava così serena nei suoi jeans.

«Nel posto in cui ci siamo conosciuti» disse sorridendo.

La ragazza annuì. «E perché sono qui?»

Si avvicinò con cautela a Caleb e l'osservò. Il suo viso stanco le fece spuntare un sorriso malinconico.

«Non lo so,» rispose lui «avevo voglia di vederti.» Porse una mano alla ragazza, lei la prese e si strinse contro il suo petto.

Caleb respirò a pieno il suo odore. «Mi manchi così tanto, Ryan» soffiò sul collo troppo pallido della ragazza.

«Anche tu» rispose lei.

«È un sogno, vero?»

Lei annuì dandogli un leggero bacio sulla mascella.

«Sei sempre bellissima.»

Ryan rise, alzando gli occhi al cielo. «Me lo dicevi sempre» lo canzonò.

«Perché è vero» commentò Caleb prima di sfiorarle le labbra. «Avrei solo voluto più tempo. Avrei voluto regalarti quell'anello che meritavi.»

La ragazza si strinse contro il corpo di Caleb, alzò la mano e la sventolò davanti ai suoi occhi.

«A me piace di più questo» sentenziò mostrandogli il filo d'erba legato all'anulare.

Lui le accarezzò i capelli e si rattristò quando vide una ciocca svanirgli tra le dita. «È l'ultima volta che ci vediamo, non è così?»

Lei annuì.

«Ti amo, lo sai?»

Ryan sorrise. «Lo so. Anche io.» Si avvicinò a Caleb e gli rubò un bacio veloce. Poi la sua figura si schiarì, facendosi evanescente, ma lui riuscì ancora a sentirla dire: «Ci vediamo più tardi, okay?»

45

DISCONNECT

Baltimora, 18 ottobre 2017

«È accesa?» Una voce gracchiò, e subito dopo due occhi azzurri apparvero sullo schermo.

Il ragazzo fissò l'obiettivo e sbuffò un lieve: «Credo di sì.»

Si sedette sul divano scuro e si schiarì la voce.

«Ciao Hay, ti ricordi di me?» Rise. «Io sì, mi ricordo di te. Sono passati tre anni da quando sei andata via, chissà come sei adesso… Chissà se hai ancora i capelli lunghi e biondi. Erano così belli, mi piaceva perdermici dentro, ricordi? Non so se hai presente quella sensazione, perderti in qualcosa intendo, è una cosa fantastica…»

Abbassò lo sguardo facendo ricadere ciuffi di capelli sulla fronte.

«Lo so che questo video ti potrà sembrare… *disconnesso*, ma ne avevo bisogno, avevo bisogno di staccare dalla routine e parlarti. Da quando sei andata via, sono costantemente incastrato in questo lasso di tempo, ora mi è così difficile perdermi in qualcosa…»

Alzò gli occhi al soffitto facendo sporgere il pomo d'Adamo. Deglutì e riprese a parlare.

«Hayley, non ce la faccio senza di te, cazzo» sbottò. «Ho bisogno delle tue labbra, ho bisogno dei tuoi maglioni colorati, delle tue Converse simili alle mie, ho bisogno di te.» Mosse una gamba guardando l'obiettivo davanti a lui. «Mi attacco ai ricordi, alle piccole cose che mi parlano di te…» Prese tra le dita la collanina di corda appesa al collo. «Ma non mi basta più.»

Si alzò.

«Io ti penso, Hay, penso a tutto quello che non ti ho detto, alle troppe poche volte in cui ti ho detto di amarti.» Chiuse gli occhi. «Non ce la faccio più a stare qui, fa troppo freddo per me se non ci sei tu a stringermi nel tuo maglione.»

Fece un passo poi si fermò.

«Credo che partirò e non tornerò per un bel po', questa maledetta città mi ricorda tutto ciò che ho perso. E mi sta distruggendo. La verità è che fa male sapere che tu sei andata avanti, lasciandomi indietro.»

Si passò una mano sul viso sospirando.

«Per me resterai sempre la ragazzina con lo zaino a righe e gli occhi azzurri. Ricordo la prima volta che mi hai visto. Mi hai guardato come se avessi avuto davanti un criminale, ma la vera criminale sei tu, Hayley.» Indicò la telecamera. «Tu mi hai rubato tutto, lasciandomi con niente. E ti odio, e ti amo.» Agitò le mani. «A volte ti odio così tanto che potrei prendere un aereo e raggiungerti. Ma poi mi fermò, perché so che non sarebbe giusto» biascicò. «Ogni giorno, in questi tre lunghi anni, ho pensato a cosa dirti, ma ora, non mi viene in mente nulla... Sto impazzendo, vero?»

Fece una pausa avvicinando l'indice al tasto rosso al lato della telecamera. «Lo so che non è un buon inizio per un videomessaggio, quindi lo rifaccio.» Sorrise. «Ciao Hayley, mi manchi, ti amo.»

Epilogo

Londra, novembre 2024

«'Fine'» lessi ad alta voce prima di infilare il tappo mangiucchiato sulla punta della biro. Chiusi la cartellina gialla e la spinsi al centro del tavolo.

Sobbalzai quando due braccia mi sollevarono da terra. «Tristan, mettimi giù!» urlai ridendo.

Lui mi baciò sulle labbra e mi posò sul bancone della cucina. Posò le mani sulle mie cosce e, con un movimento deciso, si intrufolò tra di esse facendo aderire i nostri bacini.

Sorrise malizioso e abbassò il viso sul mio collo, lasciandovi dei baci languidi. Gemette quando gli strinsi i capelli tra le dita.

«Cosa vuoi fare?» lo stuzzicai.

«Festeggiare» ridacchiò catturando tra i denti il mio labbro inferiore. «Ma prima,» si fermò «brindiamo alla conclusione del tuo primo libro.»

Si girò prendendo due calici già colmi di champagne.

Storsi il naso quando me ne porse uno e l'odore dell'alcol mi invase le narici.

«Dài, prendilo» mi incitò.

«Non posso.» Risi.

Lo vidi corrugare la fronte confuso.

«Perché?»

«Non posso bere alcol, Tris.» Lo attirai a me facendo scontrare le nostre fronti. «Sono incinta.»

Londra, gennaio 2025

«Arrivo!» urlò Hayley dalla cucina camminando a passi spediti verso la porta. Si tirò giù le maniche del maglione blu prima di aprirla.

«Salve» la salutò il fattorino davanti a lei. Aveva una borsa a tracolla nera, una divisa blu e un cappellino nero da cui fuoriuscivano delle ciocche di capelli biondi.

«C'è un pacco per questo indirizzo» disse porgendole un involto marrone. «Credo sia un libro» commentò.

Hayley annuì e sorrise leggendo il contenuto della spedizione: '*Disconnect*.'

Il ragazzo le mise davanti una specie di tablet.

«Deve firmare qui» le disse passandole una penna.

Hayley scarabocchiò una firma leggibile e restituì la penna al ragazzo. «La ringrazio. Arrivederci.»

Fece per chiudere la porta ma la mano del fattorino bloccò l'anta di legno.

Hayley corrugò la fronte riaprendola e osservando il ragazzo. Lo vide boccheggiare dopo aver letto la firma più e più volte. Aveva gli occhi spalancati, si spostò il cappello, scoprendo leggermente il viso.

«Ha... Hayley?» sussurrò. «Hayley Cohen?»

La ragazza annuì preoccupata ma tutti i suoi pensieri sparirono quando vide un ciondolo ad àncora spuntare dal colletto del ragazzo davanti a lei. I loro occhi si trovarono a vicenda.

«Lukey.»

Ringraziamenti

Non so quale sia il modo migliore per iniziare dei Ringraziamenti... io non sono sfacciata come Luke né estroversa come Ryan, anche se tutti i personaggi di questo romanzo hanno qualcosa di me (e qualcos'altro che è totalmente il contrario).

Loro *sono* me: la determinazione di Luke, la timidezza di Hayley, la sicurezza di Caleb, le paure di Ryan, l'apprensione di George, l'ottimismo di Aaron, il romanticismo di Tristan, le ambizioni di Irma...

E le persone come me hanno bisogno di persone come voi, che leggano e ascoltino quello che ho da dire. Quindi grazie davvero a tutti voi, per esservi interessati ai miei pensieri e alle mie opinioni.

Tutte le persone che ho incontrato nella mia vita mi hanno portata a questo momento, a questo preciso instante. Sono grata a tutte: a quelle che mi hanno voluto bene e che mi hanno amata, e anche a quelle che, in qualche modo, mi hanno fatto del male. Ognuna di loro ha contribuito a forgiare il mio carattere, e quindi quello dei personaggi di questa storia, che vivono dentro di me.

Grazie a tutti coloro che mi hanno supportata in questa avventura, incoraggiandomi a non mollare, e a tutti coloro che mi hanno aiutata a pubblicare questo libro. Io che mi ritengo ancora una bambina capisco adesso che forse una cosa buona l'ho fatta: sono riuscita a circondarmi di persone che mi hanno sempre fatta sentire al sicuro e amata.

Ho scritto *Disconnect* tre anni fa, forse anche di più. La mia passione per la scrittura è nata con questa storia, per tale ragione per me ha un significato particolare e sono felice di poterla condividere con voi.

Spero che vi siate appassionati alle vicende dei miei personaggi, riuscendo magari a identificarvi con alcuni di essi. Perché il bello della lettura, a mio avviso, è proprio questo: poter immaginare di essere chiunque, vivendo storie ed esistenze diverse dalle nostre. L'immaginazione, come la mente, non ha confini: esploratela, finché potete.

In libreria

Ilaria Soragni

Mess

304 pagine
14,90 euro

Maryland, USA. Mavis, diciotto anni, viene rinchiusa in un riformatorio, accusata di aggressione. È internata nell'ala Nord della struttura, dove sono reclusi i ragazzi condannati per reati minori. Indossano delle tute verdi, unico colore in un mare di bianco così monotono da stordirla. Anche Mavis ne indossa una e le vengono illustrate le regole del luogo. La prima è 'non avvicinarsi alla stanza 105'. Diversa dalle altre, in quella cella è rinchiuso un ragazzo di cui nessuno sembra voler parlare. Mavis sa solo che invece lui indossa una tuta arancione e che non dovrebbe trovarsi lì, bensì nell'ala Est, riservata a chi ha commesso crimini gravi. Il suo nome non viene mai pronunciato e gli altri ragazzi si limitano a chiamarlo 105. Da subito incuriosita, Mavis infrange la prima regola, facendo di tutto per entrare in contatto con lui. Poco alla volta riesce ad avvicinarsi, a scoprire il suo nome, Niall, e a violare il suo silenzio impenetrabile. Fra Mavis e Niall nasce un rapporto sincero, empatico, che se da una parte darà a Mavis la forza di non crollare, dall'altra la travolgerà, preda di sentimenti ancora sconosciuti e in nome dei quali metterà a rischio la sua stessa vita...

In libreria

Flavia Cocchi

Sex or Love? 1

352 pagine
14,90 euro

Luca e Beatrice non si sopportano, è risaputo. Lei è dolce e riservata, lui strafottente e sicuro di sé. Nonostante siano compagni di classe e condividano le stesse amicizie, è dal primo anno del liceo che non fanno che discutere e scambiarsi ripicche. E ora che il quarto anno è appena iniziato, la situazione non sembra destinata a migliorare. Eppure, dopo una festa in cui entrambi hanno bevuto qualche bicchiere di troppo, si risvegliano nello stesso letto. Nudi. Increduli. E soprattutto senza alcun ricordo di quanto accaduto. Ma una cosa è certa: da quel momento non riescono più a stare lontani. Irrimediabilmente attratti l'uno dall'altra, nonostante continuino a detestarsi, decidono di assecondare l'attrazione fisica che li lega. Gli accordi sono chiari e fissati in un vero e proprio decalogo antinnamoramento: sesso tutte le volte che vogliono, nel rispetto reciproco, nel totale segreto e senza mai lasciarsi andare a baci e altri atteggiamenti affettuosi. Luca e Bea sono certi che in questo modo il loro rapporto non possa degenerare in qualcos'altro... Ma sarà davvero così?

In libreria

Flavia Cocchi

Sex or Love? 2

320 pagine
14,90 euro

Dopo una festa in cui hanno bevuto qualche bicchiere di troppo, Luca e Bea, diciassette anni, si risvegliano nello stesso letto e scoprono di non riuscire a stare lontani. L'attrazione fisica che provano l'uno per l'altra è troppo forte, ma sono decisi a non mettere in mezzo i sentimenti. Per questo concordano un vero e proprio decalogo per non innamorarsi. Regola numero uno: non rivelare a nessuno la loro relazione. Due: faranno sesso solo quando ne avranno voglia entrambi.
Tre: niente frasi sdolcinate. Quattro: mai dormire insieme... E niente baci fuori dalle lenzuola, né cene romantiche o passeggiate mano nella mano. Eppure, senza che se ne rendano conto, i limiti che si sono imposti vengono meno uno dopo l'altro, e i due scoprono di provare qualcosa di profondo l'uno per l'altra. Accettarlo e ammetterlo, prima di tutto a sé stessi, però, non è per niente facile... Riusciranno a dare ascolto ai propri cuori e a vivere a pieno la passione che li unisce?

In libreria

Cristina Chiperi

My Dilemma Is You 1

320 pagine
14,90 euro

Cristina Evans ha sedici anni, vive a Los Angeles e frequenta il terzo anno dell'high school. Tra feste, amici e buoni voti, la sua è una vita perfetta. Finché la sua famiglia non decide di trasferirsi a Miami, e per Cris cambia tutto. Da un giorno all'altro viene catapultata in una nuova città e soprattutto in una nuova scuola. Nonostante senta la nostalgia di Los Angeles, riesce rapidamente ad ambientarsi e a stringere amicizia con gli studenti più popolari.
Tutti la accolgono calorosamente... tutti tranne Cameron e la sua ragazza Susan, da subito ostili nei suoi confronti. E così, tra grandi e piccole difficoltà, Cris trova una nuova amica, Sam, e un nuovo amore, Matt. Ogni cosa sembra procedere nel migliore dei modi, ma come spesso accade nelle faccende di cuore, i giochi sono destinati a complicarsi.
Col passare del tempo, Cameron e Cris comprendono che l'antipatia che provano l'uno per l'altra nasconde in realtà un sentimento ben diverso, e accettare e assecondare questa scoperta vuol dire mettere di nuovo tutto in discussione...

In libreria

Cristina Chiperi

My Dilemma Is You 2

320 pagine
14,90 euro

Se durante le vacanze di Natale la storia d'amore tra Cris e Cameron sembrava andare a gonfie vele, con l'inizio della scuola riprendono i dubbi e i litigi di sempre. La competizione con Susan fa sentire Cris una nullità, ma soprattutto è il nome di Carly a rimbombarle in testa. Cosa ha significato quella ragazza per Cam? E perché tra i corridoi della scuola si sussurrano strani commenti? C'è qualcosa che sfugge a Cris, un mistero che è intenzionata a risolvere al più presto.
In compenso, si sta ambientando a Miami e sente che la città le appartiene un po' di più. Le amicizie nate negli ultimi mesi stanno diventando vere e profonde, il gruppo sempre più unito. Nuove e vecchie conoscenze riempiono le giornate di Cris, tra queste Austin, dolce e premuroso, e Cloe, la migliore amica di Cam, tornata a vivere a Miami dopo un anno trascorso a New York. Inutile dire, però, che fino a quando il rapporto con Cameron somiglierà a un giro sulle montagne russe, tutto il resto avrà poca importanza.
In una storia fatta di picchi altissimi e vertiginose cadute, testa e cuore sono in lotta tra loro: riuscirà Cris a metterli d'accordo?

In libreria

Cristina Chiperi

My Dilemma Is You 3

320 pagine
14,90 euro

La storia di Carly si sta ripetendo... Il presentimento che ha accompagnato Cris durante tutta la serata della sua festa di compleanno è forse qualcosa di più di un semplice eco che le rimbomba in testa? E a chi appartiene lo sguardo assassino che ha intravisto mentre un'auto si scagliava a tutta velocità nella sua direzione? La verità sta per venire a galla, e non sarà facile da accettare.
Quando Cris viene a conoscenza del mistero che Cam e gli amici le hanno tenuto nascosto è sconvolta e ferita.
Vorrebbe solo scappare lontano e ripartire da zero, fingere che Cam, Sam, Cloe e tutti gli altri non siano mai esistiti... anche se continua a incrociarli nei corridoi della scuola. È intenzionata a non cedere ai loro tentativi di rappacificazione, ma non è facile.
La cosa più difficile, però, è stare senza Cam. Così, poco alla volta, Cris prova a perdonare, perché l'amore e l'amicizia, quando sono veri, non possono essere cancellati con un colpo di spugna. Tuttavia, proprio mentre le cose sembrano sistemarsi, un imprevisto fa crollare il mondo di Cris, obbligandola a compiere un'ultima, importantissima, scelta...

Finito di stampare nel febbraio 2017 presso
Puntoweb - via Variante di Cancelliera snc - Ariccia (RM)
Printed in Italy